NINFA ROTA

1.ª edición: abril 2019

© Del texto: Alfredo Gómez Cerdá, 2019
© De esta edición: Grupo Anaya, S. A., 2019
Juan Ignacio Luca de Tena, 15. 28027 Madrid
www.anayainfantilyjuvenil.com
e-mail: anayainfantilyjuvenil@anaya.es

© De la foto de cubierta: PavelPV/Istockphotos/Getty Images

ISBN: 978-84-698-4808-1
Depósito legal: M-3918-2019
Impreso en España - Printed in Spain

Las normas ortográficas seguidas son las establecidas
por la Real Academia Española en la *Ortografía
de la lengua española,* publicada en el año 2010.

PAPEL DE FIBRA
CERTIFICADO

Alfredo Gómez Cerdá

NINFA ROTA

XVI PREMIO ANAYA
DE LITERATURA
INFANTIL Y JUVENIL

A Marina,
que me prestó su nombre
y me regaló su aliento.

MELIBEA: Madre mía, que me comen este corazón serpientes dentro de mi cuerpo.

La Celestina, Acto décimo.

1

Desde hace tiempo sueño con ninfas y con faunos. A mi madre le encanta la mitología. Tiene muchos libros sobre el tema. Me ha contado que se aficionó de adolescente. Sus amigas leían novelas, pero ella prefería esas historias increíbles llenas de dioses y personajes legendarios. Cuando yo era pequeña me contaba algunas. Recuerdo que mis padres acababan discutiendo por ese motivo.

—Crono se casó con su hermana Rea. Como sus padres habían predicho que sería destronado por uno de sus hijos, se los comía a todos nada más nacer. Cuando Rea dio a luz a Zeus, lo escondió y le dio a Crono una piedra envuelta en pañales para que la devorase...

—No le cuentes esas cosas a la niña —intervenía mi padre.

—Se trata del nacimiento de Zeus, el dios más importante del Olimpo.

—No es apropiado para su edad.

—Mira, si tú quieres le cuentas la historia de los tres cerditos, de Cenicienta o de Pulgarcito; pero yo le voy a contar la de Zeus, la de los hermanos Apolo y Artemisa, la de Poseidón...

Creo que a pocas niñas les habrán contado sus padres tantas historias como a mí. Mi madre no paraba con la mitología y mi padre, para contrarrestar, me contaba todos los cuentos tradicionales; me contó tantos que yo creo que alguno se lo inventó.

Desde hace tiempo sueño con ninfas y con faunos. No recuerdo cuándo ocurrió la primera vez. Fue un sueño muy extraño. Siempre me pareció grotesco y repulsivo el aspecto físico de los faunos: humanos, salvo sus extremidades inferiores, que son de cabra. No tenían pies, sino pezuñas. Además, en su frente lucían unos pequeños cuernos. Por el contrario, las ninfas eran doncellas bellísimas que se pasaban el día al aire libre, cantando y bailando, y que por lo general acababan casándose con algún héroe o en el séquito de amantes de algún dios.

Recuerdo que mi madre me decía que las ninfas eran tontas de remate y que lo peor que podría hacer una mujer del siglo XXI era tratar de imitarlas.

Soñé que yo era una ninfa. No estaba danzando entre la espesura de un bosque, ni sentada sobre las rocas de las que manaba una fuente, ni en la orilla del mar... Me encontraba en una habitación cuadrada, vacía y oscura; sin ventanas ni puertas. La luz era muy débil y no se sabía de dónde procedía. Ni siquiera había una silla donde poder sentarse. El lugar era agobiante y me producía una enorme inquietud.

No estaba sola en esa habitación. Frente a mí había un fauno, grande, imponente, con sus patas peludas rematadas con pezuñas; su cabello revuelto y sus barbas salvajes formaban una especie de remolino alrededor de su cara, solo horadado por sus cuernos. No apartaba los ojos de mí y sin embargo, tenía la sensación de que no me miraba o de que, si lo hacía, aquella mirada no se detenía en mi cuerpo.

El Fauno se mueve hacia un lado y luego hacia el otro. Sus movimientos son inseguros, algo torpes, como si el espacio reducido de la habitación le resultase incómodo. La Ninfa no puede disimular un gesto de preocupación.

NINFA: ¿Dónde estamos?

FAUNO: ¿Eso importa?

NINFA: No me gusta este sitio.

FAUNO: Estamos solos, tú y yo. Es lo que deseábamos, ¿no lo recuerdas?

NINFA: ¿Pero qué lugar es este?

FAUNO: Qué más da.

NINFA: ¿Cómo hemos llegado hasta aquí? ¿Me has traído tú?

FAUNO: No hagas más preguntas. Solo piensa que estás conmigo.

NINFA: Tengo miedo.

FAUNO: ¿De mí?

La Ninfa no se atreve a responder y baja la cabeza.

FAUNO: ¿Quieres decir que soy yo el causante de tu miedo?

NINFA: No he dicho eso.

FAUNO: Responde: ¿te doy miedo?

NINFA: *(Titubea)* No.

FAUNO: *(Sonríe satisfecho)* Yo te protegeré.

NINFA: ¿De quién?

FAUNO: De todos.

NINFA: Nunca he necesitado protección.

FAUNO: Conmigo estarás segura.

NINFA: Nunca me he sentido insegura.

El Fauno da unos pasos hacia la Ninfa.

FAUNO: ¿Me quieres?

NINFA: Sí.

FAUNO: Solo de eso debes sentirte siempre muy segura.

NINFA: Lo estoy.

FAUNO: De lo demás me ocuparé yo.

NINFA: No te entiendo.

FAUNO: No hace falta que me entiendas.

La Ninfa se atreve a mirarle a los ojos. Se da cuenta de que sus cuernos siguen la misma dirección de su mirada.

NINFA: Antes no eras así. ¿Por qué has cambiado?

FAUNO: Te equivocas, no he cambiado nada. Lo que ocurre es que ahora empezamos a conocernos de verdad.

NINFA: Pero yo creía...

FAUNO: ¿No te gusto como soy?

El Fauno da un paso más hacia la Ninfa, que vuelve a agachar la cabeza abrumada por su imponente presencia.

NINFA: *(Susurrando)* Sí.

FAUNO: No te oigo.

NINFA: ¡Sí!

FAUNO: Es una suerte para ti poder quererme, haberte enamorado de mí... ¿O no estás enamorada?

NINFA: ¿Cómo puedes dudarlo?

FAUNO: Lo dudaré solo si tú no me lo dices.

NINFA: Yo no lo dudo. Lo estoy.

FAUNO: ¿Es una suerte para ti que lo estés?

NINFA: Sí. ¿Y para ti?

El Fauno no responde y abraza a la Ninfa. Ella se deja abrazar, pero no puede librarse de la inquietud que la embarga. El Fauno lo nota.

FAUNO: ¿Qué te ocurre?

NINFA: *(Suplicando)* No me hagas daño.

FAUNO: ¿Crees que voy a hacerte daño?

NINFA: Sácame de este lugar, por favor.

FAUNO: Eso es, suplica. Es lo único que te dejaré hacer.

La Ninfa se separa del Fauno y trata de encontrar una salida. Una a una, recorre las cuatro paredes de aquella habitación en penumbra, sin encontrar una puerta, ni siquiera una rendija que la comunique con el exterior. Su angustia va creciendo. Se siente prisionera, aunque aquello no sea una cárcel. Se vuelve hacia el Fauno, pero ha desaparecido.

NINFA: ¿Dónde estás? No me dejes sola, por favor. Este lugar me da miedo.

Su angustia va aumentando. Nota que le falta el aire. Quiere gritar, pero no lo consigue; además, está convencida de que nadie podría escucharla. Salta con los brazos extendidos, queriendo alcanzar el techo, como si allí se encontrase la salvación. Está demasiado alto. De pronto, se da cuenta de que no está pisando el suelo. Flota misteriosamente en el centro de esa habitación, que es un cubo perfecto. Aunque hace ímprobos esfuerzos, no consigue alcanzar ninguna de las caras, a pesar de que cada vez el cubo es más pequeño, como si se estuviera comprimiendo sobre ella.

NINFA: ¿Dónde estás? No has podido desaparecer de improviso. Por favor, vuelve. Sácame de aquí.

La Ninfa comienza a sudar. La angustia le está ahogando. Se lleva las manos al cuello. Abre la boca tratando de encontrar un poco de aire. La desesperación se va apoderando de ella.

NINFA: ¡Socorro! ¡Socorro!

Entonces percibe un instante de lucidez y trata de reaccionar, de aferrarse a algo que, de repente, le parece lo más lógico, lo único con visos de certidumbre.

NINFA: *(Habla para sí) Es un sueño. Lo que me está pasando no tiene ningún sentido. Solo es eso: un sueño, una pesadilla... Si abro los ojos me despertaré y me encontraré en mi cama, en mi habitación, en mi casa... Es así, vamos, ¿a qué esperas? Abre los ojos. Despierta de una vez. ¡Despierta!*

Cuando al fin pude abrir los ojos, estaba sudando y creo que las pulsaciones de mi corazón se habían duplicado. Agarré el móvil para mirar la hora. Me temblaban las manos. Las cinco y veinte de la madrugada. Mi primer impulso fue encender la lamparita de la mesilla, pero me contuve, pues no quería que el resplandor pudiera despertar a mis padres. Me bastaría la luz de la pantalla del móvil. Me sequé el sudor con las mangas del pijama. Activé la cámara del teléfono y la roté con la intención de descubrir mi rostro en la pantalla, pero faltaba luz. Finalmente me decidí a encender la lamparita de la mesilla.

No encuentro palabras para describir mi cara, pero desde luego no desentonaría en una película de terror. Apagué la luz y permanecí con el móvil entre las manos. Por fortuna mis padres no se despertaron, lo que me permitió evitar dar explicaciones y, sobre todo, aclarar el motivo de mi agitación y del sudor que me bañaba. Me costó mucho trabajo volver a conciliar el sueño. Tenía miedo de que la pesadilla regresase. No quería de ninguna manera volver a sentirme dentro de aquel cubo angustioso, cerrado a cal y canto.

Durante el desayuno, mi madre se me quedó mirando. Conozco de sobra las expresiones de su cara. No dijo nada, pero sé que algo notó, a pesar de que me acababa de duchar y con el agua había tratado de borrar todas las huellas que suele dejar en el rostro una mala noche.

No le dejé que comenzase a hacerme preguntas.

—¿Es verdad que las ninfas eran tontas de remate?

—¿Las ninfas? —se sorprendió un poco por mi salida.

—Recuerdo que tú me contabas que una mujer no debería tratar de imitar a una ninfa.

—Bueno, a mí nunca me han interesado mucho —reconoció después de dar un buen sorbo de café—. Siempre están relacionadas con la naturaleza, y eso las hace interesantes; pero las pobres se pasan la vida semidesnudas, saltando entre los arroyos, cantando, bailando sobre un manto de hojarasca, entregándose al amor con cualquier dios arrogante... ¿A qué mujer inteligente le puede atraer una vida así?

—¿Y los faunos?

—Los faunos pertenecen a la mitología latina y las ninfas a la griega —me explicó—. Pero en la actualidad se confunde todo, se mezcla; no hay rigor.

Mi padre, que hasta ese momento se había mantenido callado, observándonos, se levantó con su taza vacía y abrió la puerta del lavavajillas. Movió la cabeza, negando ostensiblemente.

—No me lo puedo creer —comentó—. Espero que no la hayas convertido en otra obsesa de la mitología.

Mi madre se encogió de hombros, como dando a entender que eso no era lo peor del mundo. Yo aproveché para levantarme y llevar mi taza al lavavajillas.

—También recuerdo todos los cuentos que tú me contabas —le dije a mi padre.

Se nos había hecho un poco tarde, así que los tres salimos pitando. A veces coincido con mi madre al salir de casa por las mañanas. Mi padre suele marcharse un poco antes. Al llegar a la parada del autobús nos separamos. Mientras me dirigía al instituto pensaba que hubiese sido mejor soñar con los tres cerditos, o con la Bella Durmiente, o con Blancanieves... Al menos eran historias mucho más previsibles, de las que ya conocía el final.

Desde hace tiempo sueño con ninfas y con faunos.

Son pesadillas.

¿Por qué se mezclan ninfas y faunos en mis sueños si pertenecen a mitologías diferentes? Aunque, pensándolo bien, no me extraña. La mitología es un verdadero lío.

2

Me he lanzado al agua, aunque tenga muchas posibilidades de ahogarme. O todas. No me queda otro remedio. Me he tirado de cabeza, sí, porque siento que fuera del agua me estoy ahogando y que zambullirme sea tal vez la única posibilidad que me quede.

No sé nadar en este mar, pero ya no hay remedio. Seguiré chapoteando con la única intención de no hundirme.

Me fastidia este sol irresponsable brillando con fuerza a mediados de diciembre. Estoy harta de él. En esta época del año debería estar nublado, lloviendo o nevando; frío, mucho frío. Dicen las noticias que estamos en el año más cálido de la historia. ¡Vaya mierda! Yo no puedo hacer nada, aunque a veces oigo a algunos tipos hablando por televisión y parece que quieran hacerme responsable del cambio climático.

¡Hasta el clima cambia! A veces me gustaría que nada cambiase o, al menos, que no cambiasen las cosas que deseamos que no cambien.

Tengo a mi madre encima. Cree que no la siento, pero me doy cuenta de que no hace más que asomarse a mi habitación. Camina de puntillas por el pasillo y mira por la rendija.

«Rendijea». No hace falta que me dé la vuelta para saber lo que está haciendo. La conozco como si fuera mi madre. ¡Ja, ja, ja! Esa es su frase favorita, pero al revés.

Te conozco como si fueras mi hija.

Sería más correcto que dijese que me conoce porque soy su hija. Lo que ocurre es que llega un momento en que los padres dejan de saber quiénes son sus hijos. Viven felices e ignorantes, hasta que de repente ocurre algo y entonces se llevan las manos a la cabeza, que se les ha llenado con los peores fantasmas.

Mis padres no son diferentes del resto. Ellos también pensaban que lo sabían todo de su hija, que me controlaban por completo, que me conocían mejor que nadie. Vamos, lo normal, lo que ha ocurrido desde que el mundo es mundo.

Ley de vida.

La frase en esta ocasión es de mi padre. La suelta cada dos por tres. Según él, todo ocurre porque es ley de vida.

Ellos, en cierto modo, creían que lo sabían todo de mí, que controlaban mis actos, que seguía siendo *su* niña. Y tiene gracia, porque por otro lado no dejaban de repetirme a todas horas esas frases tan manoseadas: «¡Cómo has crecido! ¡Qué mayor estás! ¡Ya eres toda una mujer!».

¡Toda una mujer! ¿Acaso pensaban que me iba a convertir en un ornitorrinco o en un dragón de Tasmania? Lo dicen sin pensarlo, ya lo sé, porque de lo contrario no tendría sentido que me siguiesen considerando una niña.

Vivo en un piso alto y desde mi habitación veo gran parte de la ciudad. Hay mucha contaminación. La boina de humo. Respiro dentro de esa boina. La culpa la tiene el maldito anticiclón, que no se mueve de aquí, o de las Azores, o de donde coño esté, y que impide que se renueve el aire, viciado por los tubos de escape de los coches y las chimeneas de las calefacciones. A pesar del sol, por la noche hace frío.

Me da risa lo que estoy escribiendo. Parezco la chica del tiempo.

Pero ya es tarde para rectificar. Estoy con el agua al cuello y he decidido que voy a escribir lo que me dé la gana con la esperanza de que las palabras me mantengan a flote.

Si se lo contase a Eugenio me diría que escribir es una pérdida de tiempo y que no sirve para nada. Además, querría leerlo y vería cosas donde no las hay. Eso seguro. Siempre ve cosas donde no las hay. Lo interpretaría al revés. En cuanto leyese las primeras páginas me prohibiría seguir escribiendo; por ese motivo sé que todo esto nunca saldrá de mi habitación, de mí misma. Él nunca se enterará, pero no puedo evitar sentirme mal por hacer algo que sé que no le gustaría.

¿A estas alturas tiene alguna importancia ese detalle?

Yo quiero a Eugenio.

¿Yo quiero a Eugenio?

Yo quiero a Eugenio incluso después de lo que ha ocurrido.

¿Yo quiero a Eugenio incluso después de lo que ha ocurrido?

Me tiembla la mano al escribirlo. ¿Es emoción? ¿O es miedo? ¿Ambas cosas?

¡Eugenio!

Me desconcierta ponerme a escribir sin que él lo sepa, sobre todo porque será forzoso que aparezca en estas páginas.

Ayer le dije a Nerea que quizá debería llamarlo para pedirle permiso.

—Permiso... ¿a ese? —se extrañó.

—Será inevitable que escriba algunas cosas sobre él y...

—¡Ni se te ocurra decirle una palabra a ese pedazo de animal! —No me dejó darle ninguna explicación.

Nerea es mi mejor amiga. Es mucho más que una amiga. Lo ha sido siempre y asegura que lo será durante toda la vida. Yo espero que sea cierto, a pesar de que a Eugenio nunca le haya gustado, de que la odie, de que desatase toda su rabia. A veces teníamos que vernos en secreto, sin que él lo supiese. Decía que ella ejercía una influencia negativa sobre mí. Claro que es mucho peor lo que Nerea pensaba de la influencia que ejercía Eugenio sobre mí.

—¡Te está machacando, aniquilando...! —me solía repetir—. Está destruyendo a la auténtica Marina. Desde que estás con él no eres la misma. ¿Es que no te das cuenta?

Creo que ha llegado el momento de hablar del personaje.

Yo soy Marina.

Marina.

Marina de mar, aunque siempre he vivido tierra adentro. Hasta mi nombre es una pura contradicción.

No añadiré nada más de mí.

¡Por supuesto que no soy la misma desde que conocí a Eugenio! En algunas cosas no puedo estar de acuerdo con Nerea. Todo el mundo se transforma cuando conoce a alguien, cuando comienza una relación. ¿Quién lo duda? Es imposible ser la misma persona antes y después.

—Una relación solo es buena si nos hace crecer por dentro, si nos abre horizontes —me dice—. Así lo entiendo yo.

Creo que Nerea no ha encontrado aún a un chico que le haga sentir lo que Eugenio me hace sentir a mí.

—¿Qué tendrán que ver los horizontes con el amor?

—Te equivocas. —Ella no está de acuerdo—. Yo estaba coladísima por Adrián y él por mí, ¿lo recuerdas? Y, sin embargo, le planté porque me di cuenta de que mi vida no podía detenerse en alguien que se negaba a crecer conmigo. Y eso que Adrián era mil veces mejor que Eugenio.

Nerea es la única persona a la que le consiento decir esas cosas. De su boca no me molestan. Reconozco que incluso me hace pensar a veces. Ella cree que no lo hago, que soy una descerebrada; pero en realidad no puedo dejar de pensar ni un momento.

Nerea es mi única amiga. Antes tenía más, pero...

Es que a Eugenio no le gustaba que...

Reconozco que no podía ni puedo entender su actitud, eso es cierto, pero estoy segura de que sigue habiendo muchas cosas que desconozco. No quería verme con nadie, ni siquiera con mis compañeras de clase, ni siquiera con mis amigas. Lo entendería si hubiese quedado con chicos, pero no hablaba con ninguno.

Me daba pánico pensar que pudiese volver a pelearse.

Un día me preguntó que si yo había besado alguna vez a otro chico.

Le dije la verdad. Antes de conocerlo, había tonteado un poco con Nacho. Nos besamos algunas veces. Por supuesto, él ya no significaba nada para mí.

No sé cómo sucedió, pero al día siguiente Eugenio y Nacho se pegaron. Y menos mal que intervinieron otros para separarlos, porque de lo contrario... Yo solo pude echarme a llorar al ver a Nacho sangrando por la nariz.

Cuando le dije a Nerea que el psicólogo me había recomendado escribir todo lo que me había sucedido, todo lo que sintiese, le pareció genial. Me dijo que lo hiciese en forma de novela, con capítulos y todo eso, y que cuando la terminase sería un éxito. Siempre ha pensado que a mí no se me daba mal escribir.

—Recuerda: espacio, tiempo, personaje, acción.

—¡Bah!

No voy a escribir ninguna novela.

No voy a escribir nada que tenga sentido.

Es verdad que me he lanzado al agua de cabeza, que me estoy mojando, pero no creo que aguante mucho tiempo a flote. Me importa un bledo la recomendación del psicólogo.

Estoy escribiendo en un cuaderno, a mano, con una pluma estilográfica que le he quitado a mi padre. Él no escribe nunca con plumas estilográficas; sin embargo, las colecciona. Tendré que cambiar el cartucho de vez en cuando. Iría más rápido si escribiese en mi portátil, o en mi *tablet*, pero prefiero no hacerlo. Sé lo que Nerea me va a decir cuando lo vea.

—¿Te das cuenta? Tienes que escribir a mano en un cuaderno porque sigues teniendo miedo de que él pueda verlo. ¡Reconócelo! En el fondo piensas que puede volver a quitarte el portátil cuando le dé la gana y fisgar todo lo que quiera. Es lo que ha estado haciendo.

—Porque no había secretos entre nosotros.

—Querrás decir que tú no tenías secretos con él. Pero ¿acaso podías mirar sus correos?, ¿te dio alguna vez sus contraseñas? No estoy hablando de secretos compartidos; lo que digo es que te controlaba más que la policía a un terrorista.

Creo que Nerea no puede entenderlo y no sería capaz de explicárselo. Fui yo quien quiso darle a Eugenio las contraseñas de todas mis cuentas. Era una forma de demostrarle mi confianza y, con ella, mi amor. Es verdad que él no hizo lo mismo conmigo, pero a mí me daba igual.

No tenía secretos para él.

Necesito volver a escribir esta frase.

No tenía secretos para él.

Sin embargo, él dudaba siempre, desconfiaba de mí, pensaba que le ocultaba algo, que le engañaba. Se lo repetía mil veces, me hizo prometérselo, jurárselo, pero no creo que sirviese de nada. Yo sé que en el fondo no le gustaba ser así, pero hay algo dentro de él que no puede controlar. Me lo ha tratado de explicar alguna vez, en esos momentos maravillosos que hemos vivido juntos, en los que yo le sentía frágil e inseguro, buscando mi regazo como si fuera un niño pequeño. Ese es el Eugenio que me ha enamorado. Ese es para mí el verdadero Eugenio, el que reconocía sus errores, el que se arrepentía de algo que me había hecho o que me había dicho y se sentía culpable. Entonces lo pasaba mal, muy mal. Hasta le costaba trabajo articular las palabras.

Yo sé que en el fondo no le gustaba ser así, lo sé; quizá sea la única persona que lo sepa. Lo conozco. Pero ya lo he dicho: hay algo dentro de él que no puede controlar, que aflora cada dos por tres, que lo transforma, que lo enloquece.

Yo sé que en el fondo no le gustaba ser así.

Yo sé que en el fondo...

Yo sé...

Nerea se enfadaba más cuando le hablaba de su actitud de arrepentimiento.

—¡Finge! —me gritaba—. ¡Está fingiendo! ¿No te das cuenta?

Sé que Eugenio era sincero y que, a pesar de todo lo que ha sucedido, también me quiere. Muchas de las cosas que ha hecho han sido por el amor que sentía hacia mí.

¿Sentía? ¿O siente?

Controlaba mis cuentas en las redes sociales. Incluso escribía por mí en algunas ocasiones. Yo no ponía nada que pudiera molestarle y hacía oídos sordos a cualquier comentario que pudiera hacer otro chico, aunque fuese conocido, aunque se tratase de un compañero de clase, o de un vecino, o de un amigo del barrio.

Muchos utilizan las redes sociales para ligar descaradamente y se propasan un montón. He leído comentarios muy fuertes. Es muy molesto, porque algunos creen que todos estamos dentro del mismo saco. Y no es así. Yo no contesto a casi nadie, y menos si veo que en el mensaje hay alguna insinuación o alguna broma de mal gusto.

A veces he pensado borrarme de todas las redes sociales, pero no lo hago porque me da miedo sentirme después muy aislada, muy sola.

Nunca he sido una solitaria; no me gusta. Quiero tener amigas. Quiero volver a tener amigas. Sé que muchas de mis amigas no se atrevían a contactar conmigo porque sabían que él leería lo que escribiesen.

Yo quiero seguir teniendo amigas.

Yo quiero que Nerea siga siendo mi mejor amiga.

Eugenio no dejaba de pedirme explicaciones por lo que escribían los demás. Yo no veía nada importante en los comentarios de los demás. Se lo repetía mil veces.

—Pues entonces es que eres tonta y no comprendes el verdadero significado de las palabras, la doble intención que tienen algunas frases —me decía.

Releía los comentarios buscando esa doble intención: palabra por palabra, deletreándolos incluso.

—Nada, no hay nada —le volvía a repetir.

—Algo les habrás dicho tú —no dejaba de insistir.

—Te juro que no.

Yo nunca había jurado, pero él me había acostumbrado a hacerlo. Me decía que no le bastaba con que le asegurase una cosa o con que le hiciese una promesa. Él necesitaba un juramento, porque el juramento era lo más.

—Algo les habrás dicho tú.

—Te juro que no.

Y daba igual que se lo jurase mil veces. En esos momentos es cuando dejaba de ser él, cuando ese maléfico ser que llevaba dentro se apoderaba por completo de todos sus sentidos y no le dejaba vivir en paz. La otra explicación posible era que yo fuese tonta de remate y que, como me repetía, no me diese cuenta de las cosas.

—Soy tonta.

—¡Tú no eres tonta! —me gritaba Nerea.

A Eugenio lo conozco mejor que nadie. Creo que lo conozco incluso mejor que su familia. No me hablaba mucho de su familia y, si lo hacía, era porque yo le preguntaba con insistencia. En esas ocasiones hablaba de su padre, solo de su padre. Al principio me di cuenta de que sentía admiración por su padre, pero al final descubrí que esa admiración estaba teñida de miedo. La admiración y el miedo muchas veces van de la mano. Sin embargo, a su madre no la nombraba, como si no existiera, y si yo trataba de preguntarle por ella me cortaba enseguida. Viven en el barrio y parecen una familia normal y corriente, como la mayoría. Tiene una hermana, pero es mayor; se casó el verano pasado. Estaba segura de que no tenía unos padres que le quisieran tanto como yo.

—No hay nadie en el mundo que le quiera tanto como yo.

—¡No vuelvas a repetirlo! —me reprochaba Nerea.

Me callaba para no discutir con mi mejor amiga.

Había veces que jurar se convertía en mi válvula de escape. Reconozco que me ponía un poco histérica.

—¡Te lo juro, te lo juro, te lo juro...!

Lo único que me preocupaba en esos momentos era que se convenciese de que le estaba diciendo la verdad, aunque tenía la sensación de que le agobiaba más con esa actitud. Hubiese hecho cualquier cosa para que se convenciese de una manera razonada, para que se diese cuenta de que estaba locamente enamorada de él.

Locamente, sí.

Nerea no tiene argumentos para rebatírmelo. Ella sabe que cualquier persona puede enamorarse locamente de otra.

Amor, locura... ¿no son la misma cosa? ¿No hay siempre en el amor algo de locura? Mi opinión ahora sería lo de menos; no me voy a poner a filosofar. Bastaría con echar una mirada a las historias de amor que todos conocemos. ¿Cuántas novelas se han construido sobre esta base? ¿Y obras de teatro?

—Pero hay unos límites —insistía ella.

—No los hay.

—Claro que los hay.

—A no ser que te refieras a la muerte.

—¡Calla!

No, no los hay, no existen. Y yo no tengo la culpa de que las cosas sean de este modo, no puedo controlar lo que siento, lo que me conmueve de pies a cabeza, lo que da sentido a mi vida o lo que se lo quita. Es posible que todo se reduzca a un problema de simple biología. Al fin y al cabo, soy un ser vivo, de naturaleza humana, que acaba de completar su desarrollo físico, capaz de percibir su entorno, capaz de sentir todas las emociones, con todas sus hormonas predispuestas al amor... En ese caso, no habría más que hablar.

3

Sobre las tenues cuadrículas del papel,
letra a letra, voy dibujando tu nombre.
Cada trazo altera la fría perfección geométrica.

Mis líneas se rebelan contra el equilibrio,
bailan, y el remolino me descubre tu imagen,
me acerca el eco sedoso de tu voz.

Siento que mi sonrisa no cabe en ninguna sonrisa,
en ningún estado de ánimo, en ninguna anécdota.

¿Alguien ha pensado que esas cuadrículas casi invisibles
son los barrotes trenzados de una reja?

4

Habían venido a cenar unos amigos de mis padres. Máximo y Bea. Son como de la familia. Cuando nací, ellos ya estaban allí. Se conocieron a los diecinueve años, en la universidad. Máximo y mi padre se fijaron en dos compañeras de clase, Bea y mi madre, que a su vez se habían fijado en ellos. Es una historia muy normal que se ha debido de repetir millones de veces. Comenzaron a salir y... ¡hasta la fecha! Ahora ya no son dos y dos. Son cuatro.

Hay un detalle gracioso que un día me contó mi madre. Creo que se le escapó y que en realidad no quería que yo lo supiese: al principio, se gustaban mi padre y Bea y mi madre y Máximo.

—¿Y tú llegaste a salir con Máximo y papá con Bea?

—Bueno, sí, en realidad...

—¿Y qué pasó? —le pregunté llena de curiosidad.

Pero mi madre se salió por la tangente y lo sigue haciendo cada vez que le saco el tema. Y si insisto acaba llamándome cotilla.

Lo cierto es que Máximo y Bea son como de la familia o, mejor dicho, son la familia. Yo los quiero más que a mis tíos, a los que solo veo de Pascuas a Ramos.

También quiero mucho a Max, el hijo de Máximo y Bea. Tiene mi edad y es como mi hermano; o, mejor dicho, es mi hermano. Desde niños jugábamos a ser hermanos. Le echo mucho de menos porque no está aquí. Se marchó a estudiar a Estados Unidos. El verano que viene tal vez nos vayamos todos a verlo. Me hace ilusión viajar a Estados Unidos, pero por supuesto me hace mucha más ilusión ver a Max, a mi hermano, un hermano no impuesto por la familia, un hermano elegido libremente.

Ahora solo hablamos por Skype, o intercambiamos mensajes por las redes sociales.

Me fastidiaba que Eugenio no lo entendiese, o que lo entendiese y acabase enmarañándolo todo.

—Es mi hermano.

—No seas ridícula.

—Te digo que lo es.

—Tú no tienes hermanos.

—¿Por qué te niegas a entenderlo?

—¿Negarme yo? Eres tú la que no quiere asumir la realidad. Echa un vistazo a tu libro de familia. No estás bien de la cabeza.

—¿Te quedas más a gusto si te digo que es *como* un hermano?

—¿Y qué te hace considerarlo *como* un hermano?

Eugenio aún no ha podido entenderlo y no sé si algún día podrá hacerlo.

Cada vez hablaba menos con Max. No me conectaba nunca a Skype y tardaba mucho tiempo en contestar a sus mensajes. Buscaba excusas: los estudios, los exámenes, un trabajo urgente... Siempre las mismas. No sabía qué hacer. Cuanto más tardaba en contestar más insistía él y más se complicaban las cosas.

Voy a retomar el hilo.

Habían venido a cenar Máximo y Bea...

Fue en septiembre. Acabábamos de empezar las clases. Hacía veinte días que Max se había marchado a Estados Unidos. Hablamos de él y, como siempre, de muchas más cosas. Con Máximo y Bea me encuentro muy a gusto, incluso cuando se ponen a discutir de política con mis padres. No sé por qué discuten tanto de política. Los cuatro tienen las mismas ideas y votan siempre al mismo partido. Lo entendería si tuviesen opiniones distintas.

Después de cenar, me fui a mi habitación. Era viernes, estaba cansada y además llevaban un rato hablando de política. No sé qué ha pasado, pero llevamos un tiempo en que todo el mundo habla de política. Yo prefiero no hacerlo, sobre todo porque a Eugenio no le gustaba. Siempre despachaba el tema tajantemente.

—La política es una mierda.

—Depende de... —trataba de matizar.

—No depende de nada —me cortaba—. Y todos los políticos son una panda de ladrones.

—Generalizar no es justo porque...

—¿Y tú qué sabes de lo que es justo o injusto?

Sí, reconozco que me habría gustado que fuese de otra forma o, mejor dicho, que se hubiese mostrado como es en realidad, porque yo sé que en el fondo no es así. Lo sé. Estoy convencida. No puedo explicar por qué motivo estoy tan segura. ¡Y mira que le doy vueltas!

—No le des más vueltas —me decía Nerea—. No trates de justificar nada, de explicar nada. Son los hechos los que hablan por sí mismos de las personas.

Siempre había pensado que era así, pero ya no estoy segura. Creo que lo importante es saber por qué actuamos de una manera u otra. Hay motivos ocultos, causas inexplicables...

Estoy segura de que había algo que a Eugenio le hacía comportarse como se comportaba, aunque yo no lo conociese, aunque ni él mismo lo conociese.

—¡No puedes consentir que te insulte! —Nerea se ponía fuera de sí.

—No me insulta —protestaba.

—Te ha llamado imbécil delante de mí. Y no se te ocurra decirme que eso no es un insulto.

Tengo que reconocer que me insultaba, pero lo hacía solo cuando el ser extraño y maléfico se apoderaba de él.

Me insultaba, sí.

Imbécil es el insulto más suave.

Me insultaba, me insultaba, me insultaba, me insultaba, me insultaba...

Tengo que repetirlo muchas veces para poder asimilarlo.

¿Por qué no puedo escribir lo que quiero escribir? ¿También tendré dentro de mí un ser extraño y maléfico que me impide hacer lo que deseo?

Lo intentaré por tercera vez.

Habían venido a cenar Máximo y Bea...

Yo me había retirado a mi habitación porque era tarde y estaba cansada. Fue en septiembre. Han pasado ya tres meses. Oía la conversación de mis padres con ellos. Me llamó la atención que de repente bajasen el tono de voz. Me incorporé en la cama, pues no entendía bien lo que decían. Si hablaban así era porque no querían que yo lo oyese. Agucé el oído. La que hablaba en esos momentos era mi madre y, como me imaginaba, lo hacía de mí.

—Marina está saliendo con un chico.

—Es normal. Ya se ha hecho mayor.

—Toda una mujer.

—Y con lo guapa que es no le faltarán pretendientes.

—Antes tonteó con alguno, pero creo que esta vez...

—¿Y te lo ha contado ella?

—¡Nooo! Con ella hay cosas que es mejor no tocar. A pesar de lo grande que está, no olvidéis que sigue siendo una adolescente.

—Ahora la adolescencia llega hasta los veinte años.

—¿Veinte? Yo diría que hasta los treinta, y en algunos casos más.

—¿Y el chico...?

—Ni idea. Creo que es un compañero del instituto. Me imagino que comenzaron a finales del curso anterior y ahora...

Hay cosas que no puedo entender. Por supuesto, no le había dicho nada a mi madre. ¡Nada! Ni un comentario. ¡Nada! Estoy segura. ¿Cómo es posible que lo supiera?, porque lo que les estaba contando a Máximo y Bea era cierto.

Te conozco como si fueras mi hija.

Te conozco porque eres mi hija.

¿Será eso? Pues vaya mierda. Con tu madre al lado es imposible tener un poco de intimidad.

Eugenio y yo comenzamos a salir a finales del curso pasado, unos días antes de que nos dieran las vacaciones de verano. Y fue un fastidio, porque tuvimos que estar casi dos meses sin vernos. Él se va todos los veranos a su pueblo, que en realidad es el pueblo de sus abuelos; lleva haciéndolo desde que era muy pequeño. Lo eché mucho de menos durante julio y agosto. Yo estuve quince días en la playa, como de costumbre. Y por primera vez en mi vida renegué de la playa.

Durante todo ese tiempo no transcurrió un solo día sin que nos comunicásemos. El wasap nos proporcionaba nuestro reducto de intimidad.

MARINA: ¿Cómo es tu pueblo?

EUGENIO: Ya te dije que era el pueblo de mis abuelos.

MARINA: Pero vas desde que eras pequeño.

EUGENIO: Eso sí.

MARINA: Entonces es como si fuera el tuyo.

EUGENIO: Pero no lo es.

MARINA: ¿Te gusta?

EUGENIO: Unos días sí, otros no.

Entonces no entendí bien que unos días le gustase el pueblo y otros, no. Ahora he comprendido mejor sus palabras. Unos días sí y otros no.

Tal vez sea la frase que mejor puede definir a Eugenio. Unos días es él mismo y otros, no. En la lucha que mantiene contra el extraño y maléfico ser que nunca lo deja en paz, unos días se impone a él, pero otros ocurre al revés.

—¿Me estás contando el argumento de un libro? —Nerea no atiende a razones cuando le hablo de ello.

—¡No! —protestó.

—Pues tendrás que elegir una novela que no haya leído.

—¡Te digo que no!

—Se titula *El extraño caso del Dr. Jekyll y Mr. Hyde*. ¿Quieres saber algo más? El doctor Jekyll ha inventado una poción para separar el bien y el mal, que habitan siempre dentro de los seres humanos...

—¡Cállate!

—Pues no trates de hacerme creer que Eugenio es una especie de Jekyll y Hyde. ¡Más quisiera!

—¿Por qué te niegas a comprenderlo?

—Al contrario, Marina. Lo comprendo todo. Comprender una cosa así es lo más fácil del mundo. Solo hay que llamar a las cosas por su nombre, solo hay que nombrar a las personas por lo que son. ¿Quieres que te diga lo que es Eugenio?

—¡No!

—¿Quieres oírlo?

—¡Te he dicho que no!

EUGENIO: ¿Y qué haces?

MARINA: Pues... ir a la playa.

EUGENIO: ¿Te bañas?

MARINA: Sí, claro. Me gusta mucho el agua.

EUGENIO: ¿Y tomas el sol?

MARINA: También.

EUGENIO: ¿Desnuda?

MARINA: Hay una playa nudista cerca, pero a la que vamos nosotros no lo es. Solo hacemos toples.

EUGENIO: Yo no te dejaría.

MARINA: Muchas mujeres lo hacen aquí. No tiene importancia.

EUGENIO: Yo no te dejaría.

MARINA: ¿Por qué?

EUGENIO: No quiero que los demás te miren.

MARINA: No tiene importancia, de verdad.

EUGENIO: Para mí sí la tiene. No quiero que tomes el sol en toples.

MARINA: ¿Qué dices?

EUGENIO: ¿Lo harás?

MARINA: No te entiendo.

EUGENIO: Quiero saber si lo harás.

MARINA: Pero... ¿por qué motivo?

EUGENIO: Porque has empezado a salir conmigo, ¿lo entiendes?

MARINA: No.

EUGENIO: ¿No?

MARINA: ¿Estás bien?

EUGENIO: Perfectamente.

MARINA: ¿Seguro?

EUGENIO: ¿Lo harás si yo te lo digo?

MARINA: ¿Para ti es importante?

EUGENIO: Importantísimo.

MARINA: Si para ti es importantísimo...

EUGENIO: Responde.

MARINA: Sí.

EUGENIO: No vuelvas a hacer toples en la playa.

Recuerdo que me incorporé hasta quedar sentada sobre la toalla. Me sentía extraña, incómoda, desnuda... Era una sensación que nunca antes había experimentado. Mientras buscaba la parte de arriba del bikini me cubrí los pechos con el antebrazo.

—¿Qué haces? —me preguntó mi madre.

—Estoy buscando la parte de arriba de mi bikini.

—Creo que está en el bolso. ¿Para qué la quieres?

—¡Vaya pregunta! ¿Para qué voy a quererla?

—¿Vas a dar un paseo?

—No.

—Hija, no te entiendo.

La que no entendía nada era yo. Busqué en la bolsa y encontré la pieza del bikini. Me la puse. Me sentía... no sé cómo decirlo: incómoda, rara, con ganas de marcharme de allí... Nadie me había obligado a hacerlo, pero tampoco podía afirmar que aquella decisión fuera enteramente libre.

Me volví a tumbar sobre la toalla y traté de relajarme. Pensaba en Eugenio. Estaba descubriendo lo mucho que me gustaba. No podía explicar la causa de mi atracción hacia él, pero me sentía entregada por completo, y mi entrega me hacía completamente feliz. Comprendí su postura y sus palabras. En cierto modo llegaron a gustarme. Era la prueba más clara de que yo no le resultaba indiferente. Me sentí feliz. Era lógico pensar que él sentía por mí lo mismo que yo sentía por él. Comprendí algo que no sabía hasta entonces: una relación sentimental implica renuncias.

Aquella noche habían venido a cenar Máximo y Bea...

5

Ahora escribiré algo sobre el cumpleaños de Nerea. Había pensado no hacerlo, pero se lo dije a ella y me respondió que, si no lo hacía yo, me quitaría el cuaderno y lo haría ella.

—Mi cumpleaños es lo de menos —me dijo—. Yo también soy lo de menos. Pero ese día es importante porque sirvió para que todos nos diésemos cuenta del tipo de persona que es Eugenio. Bueno, todos menos tú.

Ahora lo pienso y me doy cuenta de que tampoco fue para tanto. ¿O sí?

Nerea y Eugenio nunca se han caído bien. Debe de ser eso que algunos llaman la química. No hay química entre ellos. Ni química ni nada. Eugenio me reconoció que Nerea siempre le había caído mal.

—¿Por qué?

—No hace falta que existan motivos. Hay personas que te caen bien y otras mal, aunque no las conozcas.

—Yo no estoy de acuerdo. Hasta que no conoces un poco a una persona...

—Te digo que a mí no me hace falta conocerla.

—Ella es mi amiga.

—Se pueden tener muchas amigas. —Se encogió de hombros con un gesto desdeñoso.

41

—Es mi mejor amiga.

—Se puede cambiar de mejor amiga.

—¿Tú no tienes un amigo especial?

—¿Especial? ¿Qué quieres decir?

—Un amigo que sea tu mejor amigo.

—No es necesario.

—No puedo creerlo.

Aunque había caído en jueves, Nerea iba a celebrar su cumpleaños el sábado por la tarde, en el sótano de un bar del barrio que todos conocíamos, pues se utilizaba a menudo para este tipo de fiestas. A los padres, además, les gustaba porque el dueño era un hombre muy simpático y responsable que tenía como norma no servir ni una gota de alcohol, aunque hubiese alguno que ya tuviese dieciocho años.

Eugenio, por supuesto, estaba invitado. Nerea sabía que habíamos comenzado a salir y por eso lo invitó. Le compramos un regalo a medias que tuve que pagar yo sola. Todo estaba bien hasta que el día anterior me dijo:

—No quiero ir.

Hubiese entendido que no pudiese ir, pero lo que no me entraba en la cabeza era que dijese tan tranquilo que no quería ir. Me negué a creerlo y pensé que lo decía en plan de broma o para hacerme rabiar, porque sabía de sobra que a mí me hacía muchísima ilusión que fuésemos juntos al cumpleaños, que todos nos viesen, que se enterasen de que éramos novios.

—No iré —insistió.

—Pero... ¿por qué? —buscaba una explicación.

Se encogió de hombros y se negó a dármela, a pesar de que yo insistí una y otra vez.

Nos pasamos el resto de la tarde sin hablarnos. No he sentido una sensación tan extraña en toda mi vida. Mi cabeza era un hervidero en el que mil ideas daban vueltas en un torbellino tratando de comprender su actitud. ¿Le habría surgido un problema que por algún motivo no quería decirme? ¿Tendría que ver el cambio de actitud con su familia? ¿Habría dicho yo alguna inconveniencia que le había herido su amor propio?

A mí me daba la sensación de que él no se inmutaba, de que mi desconcierto no le afectaba lo más mínimo, ni mi angustia, ni mi ansiedad. Caminaba con indiferencia a mi lado, mirando a un lado y a otro, fingiendo interés por cosas absurdas: una farola, el escaparate de una tienda, las ramas de un árbol, la tapa de una alcantarilla... De vez en cuando sacaba el móvil, lo encendía y al momento lo volvía a apagar. Solo cuando nos despedimos me preguntó:

—¿Y tú?, ¿vas a ir?

Me sorprendió tanto la pregunta que creo que me desconcertó por completo.

—¿Al cumpleaños de Nerea?

—¿Vas a ir? —repitió.

—Es mi mejor amiga.

—¿Vas a ir? —Estaba claro que solo estaba esperando una respuesta mía.

—Sí.

—Yo no iré. —Hablaba evitando mirarme a los ojos—. ¿Irás a pesar de que yo no vaya?

—Sí, claro.

Se dio la vuelta y se marchó. Me dieron ganas de correr tras él, de recriminarle su actitud y de preguntarle a las claras por los motivos de su extraño comportamiento, pero no fui capaz de moverme del sitio. Tenía la sensación de que la suela de mis zapatos se había fundido con el pavimento. Estaba atrapada. Quise gritarle, suplicarle que no se marchase de aquella manera, sin aclarar lo sucedido y asegurarle que le pediría mil veces perdón si había hecho algo que le hubiese molestado. Pero mis cuerdas vocales se negaron a obedecerme.

A veces me pongo a buscar palabras para explicar mejor las cosas que siento. Me he dado cuenta de que casi nunca usamos la palabra correcta. Siempre hay una mejor, más adecuada. Lo malo es que para mí, en la mayoría de las ocasiones, esa palabra es una total desconocida.

Zozobra. Esa es la palabra que encontré para definir mi estado de ánimo en ese momento. Zozobra. Me gusta y me aterra al mismo tiempo. Suena a tormenta, a tempestad. La zozobra es lo contrario que el sosiego. Sosiego. También me gusta esa palabra. Son incompatibles. Una excluye a la otra.

Las zetas de *zozobra* son como rayos y la última sílaba es el estallido del trueno. También me suena a abismo, a pánico, a oscuridad, a angustia...

Me fui sola al cumpleaños de Nerea o, mejor dicho, me fui acompañada de la zozobra, que ya no era una amenaza externa a mí, sino algo que había penetrado por los poros de mi cuerpo. Zozobra también era incertidumbre, preocupación, agitación, ahogo...

—¿Has venido sola?

—Sí.

—¿Y Eugenio?

—No sé lo que ha pasado.

—No importa.

—¿Te gusta el regalo?

—¡Precioso! Muchas gracias.

Estaban todas mis amigas. Algunas ya tenían novio. Estaban también los novios de mis amigas. También había otros chicos, la mayoría del instituto, o del barrio.

Aunque lo intenté varias veces, no conseguía librarme de la zozobra. A veces pensaba que yo misma me había convertido en la zozobra. Me daba mucha rabia sentirme así, pero no podía evitarlo. Era consciente de que Eugenio tenía la culpa; su actitud inexplicable, su desdén, su incapacidad para explicar los motivos de sus reacciones.

De pronto, pensé que estaba montando un numerito. No es que hiciese nada de particular, pues me había quedado en un rincón con intención de pasar inadvertida, pero mi actitud había provocado el efecto contrario y parecía que todos estuviesen pendientes de mí. Notaba que la tensión aumentaba en mi interior y me dieron ganas de marcharme. Si no lo hice fue por Nerea.

Era el cumpleaños de Nerea.

—¿Te lo estás pasando bien?

—Sí —mentí.

—Pues te noto un poco rara.

—Estoy bien, de verdad.

Eugenio se interponía constantemente entre ellos y yo. No entiendo qué extraño poder ejercía sobre mí para conseguirlo. Pensé que habría sido mejor hacerle caso y no acudir a la fiesta. Si al menos me hubiese dado un motivo, uno solo. No le entiendo. Quiero hacerlo, pero no lo consigo. Tengo la impresión de que a él le trae sin cuidado que lo entienda o no. Y no debería ser así.

A media tarde apareció Eugenio de improviso. Lo vi desde el momento en que franqueó la puerta. Miró a un lado y a otro, buscándome, y cuando me localizó atravesó el salón, ignorando los saludos que varios le dirigieron. Ni siquiera se detuvo cuando Nerea intentó darle la bienvenida a la fiesta. Él sabía de sobra que ella es mi mejor amiga y, aunque hubiese reconocido que no le caía bien, podría haberse mostrado más educado.

Se detuvo frente a mí y, sin darme tiempo a reaccionar, me preguntó algo que era obvio:

—¿Tú estás saliendo conmigo?

No entendí su pregunta, pero respondí:

—Sí.

—Pues entonces quiero que estés conmigo.

—Lo estoy.

—Ahora.

Miré a Nerea, que se había acercado y que nos observaba con un gesto que era una mezcla de sorpresa, indignación, enfado y otras muchas cosas más.

—Pero es... es el cumpleaños de Nerea —argumenté.

—Ya lo sé.

Y Nerea estalló. Ella es así. Estalla con facilidad, sobre todo cuando algo le parece injusto. No puede disimular.

—Mira, Eugenio, si te apetece quédate en la fiesta de mi cumpleaños —le dijo—. Pero si vienes con intención de molestarme, o de molestar a mis invitados, si te crees con el derecho de amargarme el día, o simplemente de joder la marrana, ya puedes largarte por donde has venido. ¿Lo entiendes?

Eugenio ignoró por completo a Nerea. Seguía mirándome fijamente, como si estuviese esperando mi respuesta y no le importase nada más.

Nerea iba a volver a la carga, pero yo me interpuse. Me aterrorizaba la idea de que se organizase una bronca. Sabía que todos se iban a poner de parte de Nerea y que echarían a Eugenio de malos modos.

—Déjame a mí —le dije, y mis palabras en realidad eran una súplica.

Nerea me miró y pareció calmarse un poco.

—Está bien —me dijo—. Entonces díselo tú.

Agarré a Eugenio por un brazo y lo llevé hasta un extremo de la sala, alejándome del grupo. Antes de llegar hizo un movimiento brusco para desprenderse de mi mano. Quería explicarle muchas cosas a la vez y no sabía por dónde comenzar.

—¿Tú estás saliendo conmigo? —De repente, volvió a repetir esa pregunta que tanto me desconcertaba.

—Sí. —Solo pude responder con un monosílabo.

—Pues vámonos de aquí.

Volví la cabeza hacia el grupo. Todos nos miraban. Sabía que Nerea estaba haciendo un esfuerzo para contenerse.

—Pero no eres capaz de entender que... —intenté explicarle lo que pensaba.

—No hay que entender nada —añadió con arrogancia—. Yo me marcho de aquí y si tú estás saliendo conmigo deberías seguirme.

Se dio la vuelta con resolución y se detuvo junto a la puerta de salida. No me miraba. No miraba a nadie. Yo sabía que iba a esperar unos segundos y que después se marcharía. Sentí un estremecimiento. No quería perderlo. Corrí a su lado.

—¡Marina! —me gritó Nerea.

Me volví hacia ella y traté de explicarle con la mirada que marcharme de su fiesta de cumpleaños con Eugenio era lo mejor que podía hacer, que además era lo que quería hacer, que no se preocupase por mí, que la llamaría al día siguiente para explicarle que... Creo que quise decirle demasiadas cosas con una simple mirada.

Desde la calle escuchamos su último improperio.

—¡Chulo de mierda!

En ese momento yo estaba convencida de que Eugenio no era ningún chulo de mierda. No; ni lo era ni podía serlo. Era el mismo chico que me había cautivado, en el que pensaba a todas horas, al que echaba de menos todos los momentos en que no estaba a mi lado... Era el chico del que me había enamorado por primera vez. Enamorado, sí. Y era tan fuerte lo que sentía por él que estaba segura de que no podría sentir nada igual por otro chico durante el resto de mi vida.

Estuvimos mucho rato caminando en silencio; no paseando. El uno al lado del otro; no juntos. Se detuvo bruscamente cuando llegamos al portal de mi casa.

—¿Tú estás saliendo conmigo? —Por tercera vez me repitió la misma pregunta, una pregunta que no acababa de entender y que empezaba a resultarme odiosa.

—Sí —balbuceé.

—Pues entonces tu vida ha cambiado.

—Lo sé. Y me alegro de que...

—No me gustan tus amigas —No me dejaba terminar las frases, lo que añadía más confusión a mis pensamientos. Me bloqueaba y no sabía cómo replicarle.

—Nerea es mi amiga desde...

—¿No es más importante ahora lo que sienta yo?

—Intento comprenderte, pero tú...

Me señaló el portal con un gesto de su cabeza.

—Es mejor que te quedes en casa.

—Es pronto, podríamos ir a...

—No me apetece.

Me giré hacia la puerta y la abrí. Él estaba inmóvil, mirándome, vigilándome.

—Te aseguro que lo que más deseo es hacerte feliz —le dije a modo de despedida.

Solo al oír aquellas palabras me sonrió. Y no sé cómo explicarlo, pero su sonrisa fue sincera. No era solo el rictus de sus labios. Me sonrió también con sus ojos, con su mirada, con su actitud... Intenté aprovechar aquel resquicio que me mostraba.

—¿Y tú? —le pregunté.

—Yo solo pienso en la felicidad de los dos.

Se volvió y comenzó a caminar, a alejarse.

Subí a casa y me pasé el resto de la tarde pensando en el último gesto de Eugenio, en sus últimas palabras. Los dos. Quizá yo no había comprendido eso. Ahora éramos dos y lo importante era conseguir la felicidad de ambos. Sí, ahí tenía que estar la clave. Pero me dolió mucho que se girase frente al portal y me dejase allí, sola, agobiada, confusa. ¿Por qué no fue capaz de dejar que nuestras miradas se fundiesen un instante? Estoy segura de que si hubiese permanecido mirándome durante un segundo más habría reaccionado de otro modo. Mirarnos era como un bálsamo mágico que nos hacía traspasar la superficie para llegar a ese lugar donde nadie podía interponerse, donde ningún ser maléfico podía emborronar nuestros sentimientos, donde nos descubríamos y nos gustábamos. ¿Por qué no fue capaz? ¿Por qué no me permitió llegar al Eugenio sensible, afectivo y tierno? ¿Por qué no me permitió llegar al Eugenio que solo yo conocía?

6

De zozobra son los dedos de la ciénaga,
largos como un tronco pudriéndose en el lodo,
retorcidos como un laberinto sin salida.

Para robarme mi propio movimiento,
sigilosos y cobardes, se aferran a mis pies
y tensan sus nudos endiablados.

Intento caminar y no lo logro,
intento que mis piernas me obedezcan
para salir de esta encrucijada.

La zozobra es profunda,
como el abismo que se descuelga del abismo.
La zozobra es violenta,
como el estallido que prolonga el estallido.
La zozobra es oscura,
como la noche que se oculta dentro de la noche.

7

Pasé el resto de la tarde de aquel sábado encerrada en casa. Por suerte, mis padres se habían marchado al cine con Máximo y Bea, lo que significaba que tardarían en regresar, pues el cine solía implicar también un picoteo y alguna copa. Agradecí enormemente estar sola y no tener que responder a ninguna pregunta ni dar explicaciones. Al principio me harté de llorar. Y reconozco que no puedo explicar con certeza el motivo de mis lágrimas. Ya sé que en apariencia es fácil deducirlo, que si alguien leyese estos papeles que ahora estoy garabateando sacaría de inmediato una conclusión. Pero tal vez se equivocaría. Es verdad que existía algo evidente que me hacía llorar, pero al mismo tiempo había algo más, y eso no lo sé explicar porque no lo entiendo. Era como llorar de rabia por algo que escapaba a mis entendederas.

Debí de llorar con mucha intensidad y muy deprisa, porque al cabo de un rato me di cuenta de que me había quedado sin lágrimas. Es la ventaja que tiene desahogarse sola, sin ninguna presión. Después del llanto me entró un gran abatimiento. Pensé en regresar a la fiesta de cumpleaños de Nerea; en el fondo era lo que más deseaba, estar con ella, con mis amigas, con todos; reírnos, cantar, bailar, comer esas cosas que solo se comen en las fiestas de cumpleaños. Es verdad que lo pensé, pero en ningún momento tuve intención de marcharme, ni siquiera atisbé un movimiento, ni ensayé un gesto, ni deslicé una mirada hacia la puerta de la calle... Nada. Solo fue un pensamiento que revoloteó por mi cabeza. ¿Qué extraño mecanismo me estaba paralizando? Quizá había menospreciado a la zozobra y su poder era mucho más grande de lo que imaginaba.

Durante mucho tiempo pensé que Eugenio me telefonearía. Era la conclusión en la que desembocaban mis razonamientos. Pensaba en su absurda reacción, casi obligándome a abandonar la fiesta de cumpleaños de Nerea, y solo encontraba dos explicaciones. La primera era sencillamente un arrebato. ¿Qué tipo de arrebato? No lo sé, pero todos tenemos arrebatos y, en la mayor parte de las ocasiones, son irracionales, incomprensibles hasta para nosotros mismos. De ser así, poco a poco se le irían pasando los efectos y se daría cuenta de que su actitud había sido muy desafortunada. Ya tendría que estar arrepintiéndose —todo el mundo se arrepiente de los arrebatos—, con el teléfono en la mano, con los dedos dispuestos a seleccionar mi número.

La segunda posibilidad era más complicada, pero posiblemente más certera. Eugenio no había actuado de aquella forma como resultado de un arrebato, sino que lo había hecho conscientemente, a propósito, sabiendo lo que hacía. ¿Entonces...? Le conocía lo suficiente para saber que daba vueltas y vueltas a todas las cosas, incluso a las que no tenían ninguna importancia. En ese caso, seguiría dándole vueltas a lo sucedido. Él no podría admitir como final el momento en que me dejó en el portal de casa. Y, si seguía dándole vueltas, seguro que acabaría llegando a la conclusión de que no tenía sentido lo que había hecho y de que tenía que pedirme disculpas por haberme obligado a marcharme de ese modo de la fiesta de mi amiga, delante de todos.

Creo que me lo imaginé mil veces mirando su móvil, dispuesto a marcar, dispuesto a reconocer su error, dispuesto a hablar conmigo, dispuesto a que las cosas entre nosotros volviesen a ser como estaban siendo...

Cerca de las diez de la noche dejé de pensar en esa llamada, pues ya estaba convencida de que no se produciría. Sin embargo, sentí unas ganas enormes de hablar con él, de saber qué había hecho aquella tarde, dónde se encontraba... Quería oír su voz, sus palabras, aunque no estuviese de acuerdo con ninguna de ellas.

Antes de llamar decidí enviarle un wasap.

MARINA: Hola, Eugenio.

Observé cómo el mensaje llegaba a su destino y cómo era leído. Tardó en contestarme.

EUGENIO: Hola.
MARINA: ¿Qué haces?
EUGENIO: Nada.
MARINA: ¿Estás en casa?
EUGENIO: No.

Era evidente que no tenía ganas de hablar, al menos conmigo.

MARINA: Creía que habías decidido que pasaríamos la tarde en nuestras casas.
EUGENIO: ¿Por qué?
MARINA: ¿No es así?
EUGENIO: No.

MARINA: Pensé que no te apetecía ir a la fiesta.

EUGENIO: Lo que no me apetecía era que tú estuvieses en esa fiesta.

Se produjo una larga pausa en la que ninguno nos decidimos a escribir nada, bueno, en realidad fui yo la que no se decidió; pues él se había limitado a responder escuetamente. Sabía que su laconismo no era producto de la desgana, sino de un plan premeditado, como si hubiese decidido mantenerme a raya, castigarme. Pero castigarme... ¿por qué?

MARINA: ¿Dónde estás?

EUGENIO: Por ahí.

MARINA: ¿No vas a decírmelo?

EUGENIO: No.

MARINA: Yo a ti te lo digo todo.

EUGENIO: Lo sé.

MARINA: ¿Te irás pronto a casa?

EUGENIO: Me iré cuando no tenga más remedio.

Como ya había llorado todo lo que tenía que llorar fui incapaz de derramar una sola lágrima más; sin embargo, una sensación muy extraña se fue apoderando de mí. No puedo explicar en qué consistía. Era como si me hubiese tragado algo, una partícula minúscula y, de repente, empezase a crecer en mi interior. A medida que crecía se iba haciendo más sólida. Me oprimía por todas partes, me angustiaba, no me dejaba respirar a gusto y aceleraba los latidos de mi corazón.

Busqué fuerzas para escribir un mensaje más:

MARINA: ¿Quedamos mañana?

No me respondió. Nada. Ni un monosílabo. Ni un emoticono. Nada. Estuve esperando un buen rato mirando fijamente la pantalla del móvil. Él ya ni siquiera se encontraba en línea.

Recordé entonces unas palabras de Nerea que me había repetido en varias ocasiones:

—¿Quieres que te diga a dónde habría mandado yo a ese...?

Prefiero no escribir la palabra que utiliza Nerea para dirigirse a Eugenio. ¿Y si ella tuviese razón? ¿Y si mandase a Eugenio a ese lugar? ¿A qué lugar? El lugar era lo de menos; en realidad, lo que eso significaba era que yo me libraría de él. Pero ¿quería librarme de él?

A esas horas, estaba convencida de que aquel fin de semana iba a ser el más triste de mi vida. Y no me equivoqué. Me metí en la cama, aunque no tenía sueño. Le daba vueltas a la última frase que había escrito Eugenio. *Me iré cuando no tenga más remedio.* Se refería a su casa. Estaba claro que no le apetecía volver allí, pero entonces ¿por qué no prefería estar conmigo?

Cuando regresaron mis padres me hice la dormida. Se asomaron a mi habitación y, al verme, bajaron la voz. Estaban discutiendo sobre la película que habían visto. A mi madre le parecía maravillosa. A mi padre, una mierda.

Como la vida misma.

8

Lo recuerdo como un sueño, pero sé que no lo fue. No lo fue, a pesar de que tenía toda la apariencia. ¿Por qué nuestros recuerdos a veces se enmascaran? Se lo he oído decir a mis padres, pero ellos siempre se refieren a las personas mayores. Dicen que los viejos manipulan los recuerdos y los acomodan a su realidad presente y a sus intereses. No sé si será cierto, pero no es mi caso. Yo no soy una vieja, sino todo lo contrario. Soy tan joven que ni siquiera me consideran mujer. ¿Qué soy? Para entendernos tendría que decir que soy una adolescente. ¡Puagggg! ¡Odio la palabra *adolescente* con toda mi alma!

Lo recuerdo como un sueño, pero sé que no lo fue.

La Ninfa da vueltas alrededor de la estancia. No ha cambiado nada: un cubo, una gran caja vacía de paredes negras iluminada con una luz imprecisa y fría que no se sabe de dónde procede.

NINFA: ¡Quiero salir de aquí! ¡No puedo soportarlo! ¡Quiero encontrar la salida y escapar de este lugar! ¿Es que nadie va a ayudarme?
VOZ DE NEREA: La llave está en tus manos.
NINFA: *(Se mira las manos)* Mis manos están vacías.

VOZ DE NEREA: Es una llave invisible que solo obedece a tu cerebro.

NINFA: No me crees más incertidumbre.

VOZ DE NEREA: Yo solo te estoy hablando de certezas.

NINFA: Tengo miedo.

VOZ DE NEREA: No es malo sentir miedo, siempre y cuando no nos paralice.

NINFA: Todo está muy oscuro.

VOZ DE NEREA: Sal de una vez de ese lugar.

NINFA: Ayúdame.

VOZ DE NEREA: Trato de hacerlo, pero tú no me dejas.

Se produce un gran silencio. La Ninfa permanece en el centro de la estancia; desconcertada, mira a un lado y a otro. A continuación, comienza a recorrer una por una las paredes. Las va palpando como si esperase encontrar un resquicio para escapar. De pronto, sus manos tropiezan con algo grande. Retrocede asustada. El Fauno avanza lentamente hacia ella.

FAUNO: No temas.

NINFA: ¿Quién eres?

FAUNO: ¿No me reconoces?

NINFA: Quiero salir de aquí.

FAUNO: Sí.

NINFA: ¿Me sacarás?

El Fauno se acerca a la Ninfa y la agarra suavemente por los hombros. Se da cuenta de que está temblando.

FAUNO: Cierra los ojos y no los abras hasta que yo te diga.

La Ninfa cierra los ojos.

FAUNO: Piensa en uno de esos lugares que tanto te gustan. Tal vez el mar, el campo, un manantial, un río... La naturaleza es tu verdadera casa, tu esencia.

NINFA: Lo estoy haciendo.

FAUNO: ¿Sientes el calor de una deliciosa tarde de verano?

NINFA: Puedo sentirlo.

FAUNO: ¿Sientes el agua cristalina de un arroyo corriendo entre tus pies descalzos?

NINFA: Sí.

FAUNO: ¿Y el viento suave que mece las copas de los árboles?

NINFA: Sí.

FAUNO: ¿Y los trinos de las aves?

NINFA: Sí.

FAUNO: ¿Percibes los olores de todas las plantas silvestres?

NINFA: *(Olfatea)* Los percibo todos.

De repente, ha cambiado el escenario. La Ninfa y el Fauno se encuentran en medio de una exuberante naturaleza. Ahora la luz es intensa. Él la suelta. Ella sigue con los ojos cerrados y siente un poco de desconcierto. Tantea en el aire.

NINFA: ¿Qué ha pasado?

FAUNO: Abre los ojos y descúbrelo tú misma.

La Ninfa abre los ojos y se queda extasiada. No da crédito a lo que está viendo. Finalmente, repara en el Fauno.

NINFA: ¿Tú me has traído hasta aquí?

FAUNO: Sí.

NINFA: Pero tú también me encerraste entre aquellas cuatro paredes horribles.

FAUNO: Sí.

NINFA: ¿Y por qué lo hiciste?

FAUNO: Lo hice por ti. Lo hice por nosotros. *Justificación*

NINFA: Pero no debes decidir por los dos.

FAUNO: Alguien tiene que hacerlo.

NINFA: Nosotros.

FAUNO: ¿Nosotros?

NINFA: Tú y yo.

FAUNO: ¿Tú...? ¿Yo...?

La Ninfa y el Fauno se tumban en una pradera muy verde, al lado de un riachuelo que salta entre las piedras pulidas. Las ramas de los árboles se agitan parsimoniosamente y las chicharras se desgañitan. La Ninfa se fija en las peludas extremidades inferiores del Fauno, de cabra, rematadas por pezuñas.

NINFA: Mi madre me ha explicado que las ninfas pertenecen a la mitología griega y los faunos, a la latina.

FAUNO: Qué más da.

NINFA: Eso significa que no podríamos estar juntos.

FAUNO: No me importa lo que diga tu madre.

NINFA: *(Se ríe)* A no ser que nos hayamos escapado de nuestras mitologías y nos hayamos encontrado.

FAUNO: ¿Te parece divertido?

NINFA: Siempre es divertido escaparse.

Al Fauno le cambia la expresión y se queda en silencio, como si estuviera recapacitando sobre las últimas palabras de la Ninfa.

NINFA: ¿No lo crees?

FAUNO: No.

NINFA: ¿No te gusta que nos hayamos escapado a este lugar maravilloso?

FAUNO: No nos hemos escapado. Recuerda que yo te he traído hasta aquí.

Ahora es el rostro de la Ninfa el que cambia de expresión, desconcertado. El silencio vuelve a reinar entre ellos. Dirige su mirada al manto de hierba sobre el que se han tumbado y solo poco a poco, muy despacio, se atreve a volver a mirar al Fauno. Le impresionan sus patas, robustas. Contempla después su torso humano, bien torneado, como una estatua clásica; tiene hasta una leve palidez marmórea. Su cuello es como una columna firme donde podrían señalarse los músculos, los tendones, las venas. Apenas cubre sus mejillas una barba escasa y débil, que contrasta con su larga, tupida y revuelta cabellera, de la que emergen sus cuernos pequeños y retorcidos.

FAUNO: Me miras como si nunca antes hubieses visto a un fauno.

NINFA: Tú eres el único que conozco. ¡Y me maravilla! No entiendo por qué a veces quieres darme miedo.

FAUNO: Será por mi aspecto.

NINFA: No.

FAUNO: ¿Entonces por qué es?

NINFA: Por tus acciones. Si las entendiese no me darían miedo, pero no consigo hacerlo.

FAUNO: Todas mis acciones son lógicas. Justificación

NINFA: Serán lógicas para ti.

FAUNO: A mí me basta con que lo sean para mí.

NINFA: Si al menos me explicases por qué haces algunas cosas...

FAUNO: Hay cosas que no pueden explicarse.

NINFA: *(Sonríe)* Yo de eso entiendo mucho.

La Ninfa suspira y, de arriba abajo, vuelve a mirar al Fauno. Estira uno de sus brazos y lo coloca sobre su hombro. Desliza su mano y empieza a recorrer su contorno: el costado, la cintura, la cadera, donde empieza la transformación. A la suavidad de su piel le sucede la aspereza del pelo corto y recio. Entonces cae en la cuenta de que el Fauno no lleva ropa; está completamente desnudo. Siente una ligera turbación.

FAUNO: ¿Qué te ocurre?

NINFA: ¿Tú sabes que las chicas de ahora no somos como las de antes? Antiguamente eran ellas las que esperaban a que el chico tomase la iniciativa, aunque por dentro estuvieran muriéndose de ganas.

FAUNO: Recuerda que tú no eres una chica, sino una ninfa.

NINFA: A lo mejor las ninfas también han cambiado.

FAUNO: ¿Qué quieres decir?

NINFA: Te lo demostraré.

La Ninfa se abalanza sobre el Fauno. Él se resiste, pero finalmente se deja caer de espaldas con ella encima. No parece cómodo y quiere darse la vuelta, pero ella no lo deja, le sujeta los brazos con fuerza, se aplasta contra él y finalmente lo besa. Poco a poco, él va perdiendo su crispación y comienza a participar del beso. La abraza. La aprieta con fuerza. La ciñe con sus robustas patas peludas. Solo entonces da un fuerte impulso y

logra darse la vuelta, arrastrando a la Ninfa, que queda en el
suelo. El Fauno comienza a arrancarle la ropa.

Lo recuerdo como un sueño, pero sé que no lo fue.

Reconozco que me gustaba su manera de actuar, su demostración de fuerza, de poder... Yo estaba muy nerviosa y hacía todo lo posible por revestir aquel momento del romanticismo con el que siempre había soñado. Me gustó hasta que me sentí prisionera entre sus robustos brazos, entre sus patas peludas rematadas por pezuñas. Deseaba abandonarme, dejarme caer en medio de una nebulosa que ya empezaba a envolverme por todas partes, pero la fuerza que ejercía sobre mí me lo impedía.

Hice un esfuerzo gigantesco para intentar abrazarme a él, pero de repente se crispó y me agarró por las muñecas. Me obligó a colocar los brazos detrás de mi cabeza. Me hacía daño.

—¿Por qué no dejas que te abrace? —le pregunté desconcertada.

No me respondió y yo me sentí mal, muy mal, y no solo por el daño físico que me estaba ocasionando.

—Por favor, suéltame.

No me hizo caso. En ese momento tuve la sensación de que éramos dos personas distintas, casi desconocidas.

—Por favor, suéltame —repetí—. Me haces daño.

No quería hacerlo, pero me eché a llorar.

Actuaba como si él lo hubiese decidido todo y yo solo tuviese que actuar como una persona sumisa y obediente. ¿Por qué? ¿Por qué no podía admitir al menos que lo habíamos decidido entre los dos? ¿Por qué oponía a mis sentimientos la fuerza bruta?

No pude contener las lágrimas en ningún momento.

Y no me acuerdo de mucho más.

La Ninfa y el Fauno, desnudos, permanecen tumbados en una pradera junto al riachuelo que salta entre las piedras. Parecen estar contemplando alguna nubecilla. Sigue luciendo el sol y una débil brisa mece las copas de los árboles. Las chicharras no paran ni un segundo.

FAUNO: ¿Te ha gustado?

La Ninfa no puede responder. Está llorando, aunque lo hace en silencio.

FAUNO: ¿Te ha gustado?
NINFA: *(Hace un esfuerzo para tragarse las lágrimas y para mentir)* Sí.

De pronto, una duda parece asaltar a la Ninfa. Se queda pensativa y se vuelve ligeramente hacia el Fauno. Contempla su perfil.

NINFA: ¿Tú me responderías a la misma pregunta?

El Fauno no reacciona, ni se inmuta, como si no la hubiese oído.

NINFA: No te hagas el tonto. Me has escuchado perfectamente.
FAUNO: *(Finge una reacción)* ¿Qué?
NINFA: Te voy a hacer la misma pregunta que tú me acabas de hacer a mí.
FAUNO: *(Sigue fingiendo no enterarse de nada)* ¿Qué pregunta?
NINFA: ¿Te ha gustado?

La Ninfa se queda un buen rato esperando la respuesta, que no llega. Deja de mirar al Fauno y vuelve a tumbarse.

NINFA: Yo sé que te ha gustado. Lo que no sé es por qué te cuesta tanto trabajo reconocerlo.

confusion
inseguridad

9

Me he preguntado muchas veces si Nerea actuó bien o mal haciendo lo que hizo. Si hay una cosa que tengo clara es que no lo hizo de manera improvisada o casual: esperó el momento, el lugar, la compañía... Y la verdad es que no tardó mucho tiempo en que se reuniesen las circunstancias.

Nosotras dos ya habíamos hablado antes del tema y, como de costumbre, no nos pusimos de acuerdo.

—Reventó mi fiesta de cumpleaños. —Ella seguía indignada.

—No; solo me buscaba a mí.

—Pero tú estabas en mi fiesta, eras mi invitada, eras la invitada que más me apetecía que estuviera allí porque eres mi mejor amiga.

—Pero él solo quería...

—No le disculpes ni le justifiques. ¿Es que no eres capaz de darte cuenta de que hay que ser un cerdo retorcido para hacer lo que hizo? ¿No te das cuenta? ¡Reconócelo al menos!

—Lo reconozco, pero...

—Él estaba invitado también. Y cuando te invitan a una fiesta solo tienes dos opciones: ir o no ir. A mí me pareció genial que no viniese, pero lo que hizo no tiene nombre. Y te diré una cosa más: lo más importante no es el hecho de que reventase mi fiesta; lo más importante son los motivos que se cocían en su mente podrida.

—No digas eso.

—Y lo más preocupante de todo es que tú no seas capaz de darte cuenta.

Reconozco que Nerea me dejaba sin respuestas. Era muy rápida, muy incisiva y además me planteaba unas cosas a las que yo no podía oponer nada, excepto obviedades.

—Estoy enamorada de él. Conozco a un Eugenio diferente que quizá solo yo...

—Sí, ya te he oído esa frase, no me la repitas. Mira, esta vez te voy a creer. —Nerea cambió su forma de hablar y adiviné un tono irónico y hasta un poco burlón—. Estás enamorada, de acuerdo, esa es la única explicación, porque de lo contrario no lo entendería.

Fue a la salida del instituto. Yo miraba a un lado y a otro, buscándolo. Siempre nos íbamos juntos, pero no sabía dónde se había metido. En clase no quedaba nadie y no lo veía por los pasillos ni en los alrededores de la puerta de entrada. Nerea se dio cuenta. Ella iba con un grupo en el que estaban Noela, Guillermo, Santi y algunos más. Todos habían estado en su fiesta de cumpleaños. Eran sus mejores amigos; bueno, nuestros mejores amigos.

—Marina —me llamó—. ¿Te vienes?

—Pues... no sé. —Yo seguía mirando desconcertada a mi alrededor.

—No busques más. Vamos, aprovéchate de que se lo ha tragado la tierra. Lo malo es que se le indigestará.

El grupo rio la gracia. Todos me hacían gestos para que me uniese a ellos. Me acerqué y echamos a andar. Agradecí que nadie sacase el tema de la fiesta de cumpleaños.

Nos habríamos alejado unos cien metros del instituto cuando oí claramente su voz. Me llamaba.

—¡Marina, Marina!

Me volví. Venía corriendo por la acera. Hice una seña a los del grupo, como dando a entender que no iba a acompañarlos porque mi novio había aparecido al fin. Al llegar a nuestra altura se detuvo e, ignorando a los demás, me preguntó:

—¿Dónde vas? —Formuló la pregunta extrañado, como si no pudiera comprender lo que estaba pasando.

Lo miré y me encogí de hombros. Mi respuesta solo podía ser obvia.

—A casa —le respondí.

—¿Por qué no me has esperado?

Empecé a encontrarme incómoda a causa de la presencia de Nerea y los demás. Ellos también se habían parado y observaban.

—Lo hice, pero no te vi por ninguna parte.

—Tenías que haberme esperado más tiempo.

—Pues... lo siento, creía que...

A Eugenio parecía traerle sin cuidado el grupo, que no dejaba de mirarnos sorprendido.

—Vámonos.

Entonces intervino Guillermo. Él es amigo de Eugenio. Bueno, no sé si amigo, pero a veces van juntos, hablan. En algunas ocasiones, cuando alguien se ha metido con él, siempre lo ha defendido.

—Vamos todos juntos —propuso.

Yo creo que Eugenio ni siquiera le oyó. Seguía mirándome fijamente, como esperando una respuesta. Estaba tenso e incómodo.

—Vámonos —me repitió.

Hay veces en que vas buscando una situación, un momento, unas circunstancias y, de repente, te das cuenta de que te las acaban de poner en bandeja delante de tus narices. Eso fue lo que ocurrió.

Nerea avanzó hacia él, interponiéndose entre nosotros. Creo que estaba haciendo un esfuerzo para dominarse, para no perder los nervios y de este modo mantener el control de sus palabras.

—No podrás decirme que nadie me ha dado vela en este entierro, porque has sido tú quien lo ha hecho. —Eugenio intentaba evitarla, pero ella cambiaba de postura o de sitio para tenerle siempre de frente—. Y tranquilo, que no voy a insultarte, aunque podría pasarme un día entero haciéndolo. No me apetece ahora insultarte, porque eso no conduciría a ninguna parte, excepto a desahogarnos, y me preocupa mucho más encontrar el antídoto que haga reaccionar a Marina.

Yo sabía que Eugenio no se iba a dejar avasallar fácilmente. Su carácter no se lo permite. Él necesita sentirse superior a todo el mundo y...

Voy a releer la frase.

Sí, lo he escrito y no me he dado cuenta.

«Él necesita sentirse superior a todo el mundo». Lo he hecho. Supongo que obedece a algo que, aunque lo niegue, aunque me lo niegue, he interiorizado.

Nerea me lo había dicho cien veces.

—Necesita sentirse superior a todos, es arrogante, soberbio, pero sabe que muchos no se lo vamos a consentir; por eso, se ceba contigo.

—No lo entiendo.

—Para sentirse bien necesita machacarte a ti.

—Pero ¿por qué?

—Cuando termine la carrera de Psicología tal vez te lo pueda responder.

—A veces pienso que estás jugando a los psicólogos conmigo.

—No te equivoques, Marina. Ni siquiera pienso estudiar esa carrera. Siempre he pensado que una de las mejores cosas que me han pasado en la vida es tenerte como amiga.

—A mí también.

—Pues solo quiero hablarte como amiga. Quizá veo cosas que tú no ves.

—Eso seguro, pero también no ves cosas que yo sí veo.

Por primera vez, Eugenio pareció reparar en Nerea. La miró fijamente. La rabia le salía por los ojos.

—¡Tú, cállate!

—Podré hacer muchas cosas, pero callarme no.

—Te crees muy lista. Vas de lista. Pero yo a las listas como tú me las paso por...

—Pues no te imaginas por dónde me paso yo a los chulos machistas, como tú.

—Yo hago lo que me da la gana, y una tía como tú...

—¡Ah, una tía! ¿Y si fuese un tío?

—¡Déjame en paz!

—No, respóndeme.

—¡Que te calles!

—Ah, ya lo voy entendiendo. —Nerea no perdía la calma y controlaba la situación—. Tú eres de los que tiene asignado un papel a cada persona de acuerdo con su sexo. Pero te equivocas si piensas que las tías somos sumisas, resignadas, obedientes y que solo vivimos a expensas de un idiota engreído, como tú.

—Si no me dejas en paz...

—¿Qué harás? ¿Me vas a agredir? ¿Me vas a partir la cara? Es posible que a otra se lo hagas —y Nerea me miró cuando pronunció estas palabras—, pero a mí no.

—¡Me importas una mierda, que lo sepas!

—En eso coincidimos.

—¡No tienes derecho a meterte en mi vida!

—Me meto en tu vida con el mismo derecho con el que tú te metiste el otro día en la mía.

Eugenio no entendió estas palabras de Nerea. Quedó unos segundos desconcertado, pensativo. Cruzó una mirada fugaz conmigo, como buscando una explicación.

—Tu vida me tiene sin cuidado, no me interesa, no me gusta. —Casi le escupió las palabras—. Y no me gustas tú, me das asco.

—Pues demuestra lo que estás diciendo. —Nerea bajó el tono de sus palabras, que no perdieron contundencia—. No vuelvas a presentarte en una fiesta que yo haya organizado, ¿entendido? ¡Nunca! No tenías ningún derecho a arruinar mi día, no tenías derecho a entrar como un animal en el salón...

—Solo fui a llevarme a Marina.

—¡No tenías derecho a entrar así! —Nerea volvió a subir el tono—. ¡No tenías derecho a llevarte a nadie de mi fiesta, y mucho menos a Marina! ¿Y sabes por qué? Porque, aunque te joda, Marina es y seguirá siendo mi mejor amiga.

Eugenio había comenzado a sudar. Se sentía profundamente incómodo allí, sobre todo porque no podía reaccionar como a él le gustaría. Tenía la sensación de encontrarse en un callejón sin salida. Había llegado a tal punto de excitación que solo podía hacer dos cosas: o bien enzarzarse a golpes con Nerea —lo conozco y sé lo que estoy diciendo—, o bien lo que hizo.

Me agarró con fuerza por un brazo y tiró de mí.

—¡Vámonos!

Pretendía seguirlo, pero él iba mucho más deprisa, por lo que siempre tiraba de mi brazo. Tenía la sensación de que estaba siendo arrastrada.

Nadie dijo nada más. Es seguro que todos tenían, o teníamos, en la cabeza alguna frase, unas cuantas palabras, una opinión; pero nadie dijo nada, ni siquiera Nerea.

Ahora debería decir algo sobre lo que yo sentía en esos momentos.

Pero no tengo ganas, no me apetece.

Era tal el lío que tenía en la cabeza que me costaría mucho trabajo solo intentar aclararlo. Porque aclararlo significaría comprenderlo y eso es mucho más difícil todavía.

Nos alejamos del grupo, a pesar de que llevábamos la misma dirección, y dimos un rodeo para llegar a nuestras casas. Era la forma de asegurarnos de que no volveríamos a encontrarnos con ellos.

—Te estuve buscando a la salida del instituto, ¿dónde estabas? —le pregunté a Eugenio al cabo de un rato—. No te encontré.

—¡Tenías que haberme esperado!

—Lo hice.

—¡Tenías que haberme esperado! —repitió.

—Te estuve buscando.

—¡Tenías que haberme esperado más tiempo!

—No te enfades conmigo.

Estuvimos un buen rato caminando deprisa, yo a remolque. Luego, aminoró el paso. Estábamos en una placita. En realidad era un ensanchamiento de la calle que había sido ajardinado y en el que había tres o cuatro bancos de madera. Nos sentamos en uno de ellos. Eugenio no quería hablar y por eso no respondía a las preguntas que yo le hacía.

—¿Estás bien?

—...

—¿Te has enfadado conmigo?

—...

—Pensé que ya te habías marchado, por eso decidí irme con Nerea y los otros.

Al cabo de un rato, sin levantar la cabeza, con la vista perdida en el suelo, repitió una frase que ya había oído muchas veces:

—No me gusta Nerea.

—Pero es mi mejor amiga, nos conocemos desde hace muchos años, siempre hemos estado juntas.

—Odio a Nerea.

—¿Cómo puedes decir eso?

—La odio por ser tu amiga, por creerse que puede darte consejos a todas horas. Tampoco me gusta que sus amigos sean tus amigos.

—Todos nos conocemos. Tú también los conoces. Estaba Guillermo, y yo siempre te he visto llevarte bien con él, te he visto quedar, salir... También es tu amigo, ¿no? ¿Por qué no podemos ser todos amigos?

Eugenio estaba obcecado y en esos momentos era muy difícil hacerle razonar. Daba igual lo que le dijese. Algo estaba rumiando en su interior y era incapaz de ver más allá.

—No me gustan tus amigos —insistió—. No quiero que tengas esos amigos.

—¿Qué? —me sorprendí.

—Estás saliendo conmigo y, por eso, puedo decírtelo: no quiero que tengas esos amigos. ¿Prefieres perderlos a ellos o a mí?

Nerea me diría que eso era un verdadero chantaje y que no tenía que aceptarlo de ningún modo.

—Sabes que no quiero perderte —respondí.

Solo entonces cambió de actitud. Me sonrió y sus labios volvieron a cautivarme una vez más, y esa mirada misteriosa que escondía tantas y tantas cosas. Me besó. Sus besos eran como un dulce remolino que me elevaba del suelo y me transportaba a lugares insospechados.

Entre beso y beso me susurró unas palabras:

—No quiero que tengas esos amigos.

Entre beso y beso le respondí:

—¿Y qué debo hacer?

10

Por la noche estuvimos hablando por wasap mucho tiempo. Le volví a repetir la pregunta, esa pregunta que tanto me desconcertaba, sobre todo porque no sabía qué podía hacer, sobre todo porque la pregunta era la consecuencia de un deseo suyo que, por muchos esfuerzos que hiciera, yo no llegaba a comprender.

MARINA: ¿Y qué debo hacer?
EUGENIO: Deberías saber la respuesta.
MARINA: Me siento desconcertada.
EUGENIO: Ya sabes cuál es mi opinión.
MARINA: El problema es que no la entiendo.
EUGENIO: Bueno, ¿y qué?
MARINA: Es difícil hacer algo cuando no entiendes los motivos.
EUGENIO: Hay muchas cosas en la vida que no se entienden.
MARINA: No te pongas trascendente.
EUGENIO: ¿Qué quieres decir?
MARINA: Que estoy hablando de cosas más concretas: de ti y de mí.
EUGENIO: Yo también.

MARINA: ¿Entonces...?

EUGENIO: Es muy simple: no quiero que tengas esos amigos.

MARINA: Pero son mis amigos, y siempre he estado contenta de tenerlos. Por supuesto, no todos son iguales...

EUGENIO: Eso lo entiendo, pero tú debes entender también que yo no quiera que tengas esos amigos.

MARINA: Pues eso no consigo entenderlo.

EUGENIO: Es una frase sencilla, no hay palabras raras. Puedo repetírtela mil veces, pero creo que no hará falta.

MARINA: Yo siempre respetaría a tus amigos, aunque no me gustasen.

EUGENIO: No tienes por qué hacerlo. Si no te gustan, dímelo.

MARINA: Ni siquiera sé quiénes son tus amigos. Tú conoces a los míos, a algunos de sobra, pues son compañeros del instituto; sin embargo, tú...

EUGENIO: Estoy cansado de este diálogo.

MARINA: Siento si te he aburrido.

EUGENIO: He dicho que estoy cansado, no aburrido.

MARINA: Entonces, ¿de qué hablaremos?

EUGENIO: ¿Es que tú piensas que solo podemos hablar de ese tema?

MARINA: Pienso que debemos hablar de las cosas que nos pasan, de los problemas que nos surjan... Eso es lo normal.

EUGENIO: ¿Estamos saliendo juntos?

MARINA: ¿Por qué me preguntas eso?

EUGENIO: Basta con que respondas sí o no.

MARINA: También me desconcierta esa pregunta.

EUGENIO: ¿Pero por qué no me respondes?

MARINA: No entiendo el juego, pero te respondo que sí.

EUGENIO: ¿Eres mi novia?

MARINA: Sí.

EUGENIO: ¿Y tú quieres serlo?

MARINA: Sabes que estoy enamorada de ti. *Desesperante*

EUGENIO: Pues a mí no me gustan tus amigos. ¿Es tan difícil entenderlo? No quiero que tengas esos amigos.

En muchas ocasiones, hablar con Eugenio era desesperante, como chocarse una y otra vez contra una roca enorme. Tú quedabas mareada del impacto, malherida, y él ni se inmutaba. Es verdad que en alguna ocasión hablando por wasap había conseguido que se expresase de otra manera. Quizá al no tenerme físicamente delante era capaz de expresar con espontaneidad cosas que nunca me hubiese dicho a la cara. Pero con el tema de mis amigos se mostraba inflexible. No me decía lo que tenía que hacer, pero solo había una salida, que a mí me parecía la más dolorosa del mundo: llamarlos y decirles que había decidido romper nuestra amistad y que a partir de ahora no quería volver a saber nada de ellos. Estaba claro que me iban a preguntar por los motivos. En ese caso, ¿qué tendría que hacer yo? ¿Lo mismo que hacía conmigo Eugenio?

Lo pensaba y me parecía imposible mantener esa conversación con Nerea. ¿Cómo iba a decirle: «Nerea, nuestra amistad se ha ido al garete»? Ella no lo iba a aceptar y de inmediato echaría la culpa a Eugenio. Estaba claro que Nerea y Eugenio se odiaban. Eso lo podía entender. Pues que se evitasen, que no se dirigiesen la palabra siquiera, pero yo no quería estar en medio. No quería, aunque tenía la sensación de que lo estaba.

Pensaba entonces que Eugenio y Nerea tenían la misma culpa. Él no hacía más que repetirme que no quería que tuviese esos amigos, que era una forma de decirme que rompiera con ellos, que los mandase a todos a paseo —aunque estoy segura de que se hubiese conformado con que lo hubiese hecho solo con Nerea—. Ella me decía que hiciera lo mismo con ese novio que me había echado y, al menos, me daba argumentos. Me decía que era un descerebrado, un prepotente, un chulo de mierda, un machista asqueroso y controlador, un violento repugnante y no sé cuántas cosas más.

Y yo... y yo lo único que tenía claro era que estaba enamorada. ¿Locamente? Sí, locamente enamorada. ¿Acaso es un delito que una chica de mi edad, una adolescente —¡puaggg, qué asco de palabra!— se enamore? Si fuera así tendrían que meternos a la mitad en la cárcel. ¿A la mitad...? ¡A todas!

Pensaba que en el fondo ese era el problema. Era la primera vez en mi vida que experimentaba una sensación semejante. Todo era nuevo para mí. Y quizá las cosas que me desconcertaban, que no terminaba de comprender, solo formaban parte de un proceso aún desconocido.

EUGENIO: ¿Qué haces?

MARINA: Nada, salvo hablar contigo.

EUGENIO: ¿Dónde estás?

MARINA: En la cama. Ya es un poco tarde. Mis padres hace un rato que se acostaron también. He quitado el sonido del teléfono para que no me oigan, aunque creo que ya estarán fritos. ¿Y tú?

EUGENIO: En el sofá. Mis padres también se han acostado.

MARINA: ¿Y te dejan quedarte en el sofá? ¿No te obligan a ir a la cama?

EUGENIO: ¿Obligarme? ¿A mí?

MARINA: A mí sí.

EUGENIO: Envíame una foto.

MARINA: ¿Te refieres a...?

EUGENIO: Hazte una foto y me la mandas. Imp.

MARINA: Pero no hay suficiente luz. Y no puedo encenderla porque está la puerta abierta y mis padres podrían despertarse.

EUGENIO: Ciérrala.

MARINA: En mi casa nunca se cierran las puertas, salvo las del cuarto de baño, y no siempre.

EUGENIO: Pues ve al cuarto de baño. Allí podrás encender la luz y hacerte la foto.

MARINA: Pero estoy muy fea ahora, con los pelos revueltos, con el pijama...

EUGENIO: Pues te lo quitas.

MARINA: ¿Quieres que te mande una foto sin ropa?

EUGENIO: Sí.

MARINA: ¿Desnuda?

EUGENIO: No me dirás que no conoces a alguien que lo haya hecho.

MARINA: Todos sabemos lo que ocurrió en los vestuarios de chicas del instituto hace un par de meses con esas fotos que alguien sacó en las duchas y que reenvió a otras personas. ¡No quiero ni acordarme del lío que se montó!

EUGENIO: También conocerás a otras chicas que lo han hecho y no ha ocurrido nada porque solo se las enviaron a sus novios.

MARINA: A mí eso no me gusta.

EUGENIO: Pero a mí me gustaría verte ahora mismo. No dejo de pensar en ti. Me encantaría tenerte a mi lado y poder abrazarte, y acariciarte, y besarte...

MARINA: ¡Uf! No digas eso.

EUGENIO: ¿Por qué no? Es lo que siento.

MARINA: ¿De verdad te gustaría?

EUGENIO: Más que nada.

MARINA: Pero... nos veremos mañana.

EUGENIO: Ahora.

Me levanté sigilosamente y de puntillas me fui al cuarto de baño. Llevaba el móvil en la mano. Cerré la puerta y eché el pestillo. Solo entonces encendí la luz. Si mis padres me habían oído y me preguntaban sería muy fácil encontrar una excusa.

Algo dentro de mí me decía que no debía haberme levantado de la cama, pero por otro lado no quería decepcionar a Eugenio.

¿Decepcionar? ¿Por qué he escrito esta palabra? Creo que no es la adecuada, pero no tengo ganas de ponerme a pensar en otra.

Me miré en el espejo. Verdaderamente estaba horrible. No podía disimular la cara de sueño. Y mis pelos... ¡qué desastre! Activé la cámara del móvil y saqué una foto del espejo, donde se me podía ver perfectamente.

MARINA: Te lo dije. Estoy horrible.

EUGENIO: A mí no me lo pareces.

MARINA: Pues lo estoy.

EUGENIO: Ahora una sin ropa.

MARINA: No me pidas eso.

EUGENIO: Una sin ropa.

MARINA: Por favor.

EUGENIO: Una sin ropa.

Yo no sé las veces que insistí, que traté de explicarle que no me parece correcto y que, sobre todo, a mí no me gustaba aunque hubiera otras chicas, o chicos, que lo hicieran. Pero de nuevo se había convertido en la roca contra la que me chocaba una y otra vez. No había razonamiento posible. Pensé una vez más que yo era su novia y que quería serlo; estaba locamente enamorada. Locamente. Mente loca. Para mí debería ser normal comprender sus deseos y acceder a sus pretensiones. ¿Era eso el amor?

No me gustan tus amigos.

Quiero una foto tuya sin ropa.

Me desabroché la chaquetilla del pijama y la abrí poco a poco. Iba contemplándome en el espejo. Confieso que me temblaban las manos. Cuando aparecieron mis pechos levanté el móvil con la cámara accionada y apreté el disparador. Había quitado la opción de *flash* para evitar el resplandor. Observé la fotografía y me pareció la cosa más horrible del mundo. La foto en sí misma era mala, pero además no recuerdo haberme vista tan fea en mi vida. La expresión de mi rostro reflejaba todo el desconcierto que estaba viviendo. Aunque mis ojos parecían estar mirando a alguna parte, al objetivo de la cámara posiblemente, estaban ausentes, perdidos en una extraña nebulosa de confusión. Había tratado de sonreír, pero mis labios solo habían sido capaces de dibujar un rictus de tensión, de nerviosismo, del que se había impregnado el resto de mi cara.

Observé un buen rato esa foto. Un plano medio de mí misma, con la chaquetilla del pijama abierta. Se adivinaba fácilmente que estaba temblando. Podía repetirla para intentar salir algo mejor. Ensayar una postura, un gesto, una sonrisa. Pero me sentía incapaz de hacerlo. No lo haría ni aunque me lo suplicase Eugenio de rodillas. La miraba y me reconocía, y mi propio aspecto me espantaba. Podía utilizar la opción de *eliminar imagen*; era fácil, solo había que tocar un icono que tenía forma de papelera. Y ya está. Pero no lo hice. Por el contrario, toqué otro icono. Tres puntos unidos por dos pequeñas líneas rectas.

Compartir.

Eugenio.

Enviar foto.

No quería que él continuase insistiendo, sin tener en cuenta mi opinión, el malestar que me causaba, la intranquilidad y hasta el temor. Pensaba que la foto serviría para que aquella noche se durmiese mirándome y se hiciese la ilusión de que estaba a mi lado. Los enamorados no ansiamos otra cosa.

EUGENIO: Gracias.

MARINA: Es horrible.

EUGENIO: No lo es.

MARINA: Espero que la borres enseguida.

EUGENIO: Tranquila.

MARTINA: Me siento muy mal.

EUGENIO: ¿Por qué?

MARINA: Por habérmela hecho y por mandártela. Dirás que soy una tonta.

EUGENIO: No lo eres.

MARINA: Me voy a la cama.

EUGENIO: Ahora quiero una en la que aparezcas entera y sin el pijama.

MARINA: No me haré más fotos. Entiéndelo, por favor.

EUGENIO: Solo una.

MARINA: No.

EUGENIO: La última.

Me sorprendí a mí misma apagando el teléfono. No podía soportar la tensión. Tiré de la cadena, aunque no había utilizado el váter y regresé a mi habitación. Me metí en la cama y traté de dormirme. La agitación había hecho que el sueño me abandonase. Me abracé con fuerza a la almohada. Miraba la mesilla, que la débil luz que llegaba desde la calle me permitía adivinar, y me imaginaba mi móvil sobre su tablero, apagado. Seguro que Eugenio había seguido enviando wasaps. Me entraron ganas de llorar. No podía contenerme. Lo hice sin hacer ruido para no despertar a mis padres.

estar presionado

11

No recordaba la hora en que me había dormido, pero desde que me levanté por la mañana no hice otra cosa más que pensar en el momento del reencuentro con Eugenio. No pensaba en la fotografía que le había enviado, sino en la que me había negado a hacerme y, sobre todo, en mi decisión de apagar el móvil y cortar bruscamente la conversación.

Muchas mañanas nos esperábamos en una esquina e íbamos juntos hasta el instituto, pero eso no era algo establecido entre nosotros. A veces nos esperábamos y a veces, no, por consiguiente el encuentro no siempre estaba garantizado. Tenía la confianza de que Eugenio me estuviese esperando, pero no fue así. Miré la hora. Era pronto. Decidí esperarle un rato. Pero pasaban los minutos y no llegaba. Si seguía esperando, además de parecer un pasmarote, llegaría tarde a la primera clase.

No pudimos hablar hasta el recreo. Tuve que perseguirlo por el patio, pues él se mostraba indiferente y procuraba ignorarme.

—¿Es por lo de anoche? —le pregunté.

—¿Qué quieres decir? —Eugenio utiliza mucho la táctica de responder a una pregunta con otra.

—Que apagué el teléfono.

—Tendrías tus motivos.

—Los tenía.

—Lógico. A todos nos ha pasado alguna vez.

Por su actitud, Eugenio parecía dar por zanjado el asunto y se mostraba incómodo por el mero hecho de tener que prolongar aquella conversación. Yo no podía entender su reacción, aunque ya estaba acostumbrada.

—Te aseguro que me sentía incapaz de hacerme esa foto que me pedías. ¿Lo entiendes?

—Lo entiendo.

—¿Estás enfadado?

—¿Por qué?

—¿Estás enfadado conmigo?

—No.

—Algo me recome por dentro. No me gustaría que estuvieras enfadado conmigo.

—Está en tu mano.

—Y yo trato de que así sea, te lo aseguro. Es lo que más me preocupa. Quiero que, por encima de todo, nosotros, tú y yo, estemos bien.

Eugenio seguía sin centrarse en la conversación. Miraba a un lado y a otro, como si buscase a alguien o como si estuviese haciendo una inspección rutinaria de algo.

—Tengo miedo —le dije de pronto.

—¿Miedo? —Él pareció mostrar un mayor interés.

—Desde que me he despertado esta mañana he comenzado a sentirlo.

—¿De qué?

—Ya te lo he dicho: miedo de que estés enfadado conmigo. No puedo evitarlo. Soy así. Quizá no debería preocuparme tanto.

—¿Y por qué motivo debería estar enfadado?

—Porque apagué el móvil anoche cuando estaba hablando contigo, porque me sentí incapaz de acceder a lo que me pedías...

—No importa.

—¿Lo dices en serio?

—Sí.

—Te creo. —Y sentí un alivio grande.

Eugenio sonrió levemente por primera vez, pero era una risa forzada, de cartón piedra. A pesar de todo, agradecí aquel movimiento de sus labios, aquellos labios que tanto significaban para mí, los labios que me pasaría besando el resto de mi vida, los labios que me transportaban a un estado que parecía sobrenatural.

—¿Tú tendrías miedo? —le pregunté de pronto.

—¿De qué?

—De que yo pudiera estar enfadada contigo.

—No —respondió con seguridad.

Me arrepentí de haberle hecho semejante pregunta. Se produjo un silencio entre ambos. Trataba de mirarlo a los ojos, pero no conseguía atrapar su mirada, que seguía dispersa, como errabunda. De pronto, me agarró de la mano y me condujo hasta uno de los laterales del patio, donde hay una zona de sombra. Nos sentamos en el suelo.

—Nada ha cambiado entre nosotros. —Por fin, Eugenio parecía haberse dado cuenta de que yo, Marina, estaba allí, frente a él.

—Me hace feliz saberlo.

—Puedo darte una prueba para que te convenzas.

—¿Qué prueba?

A pesar de que estaba embargada por la emoción, no fui ajena a la nueva sonrisa de Eugenio, una sonrisa que impregnaba todo su rostro de cinismo y desconsideración.

—No me gustan tus amigos —dijo muy pausadamente—. ¿Te das cuenta de cómo nada ha cambiado entre nosotros? ¿Quieres otra prueba?

Sentí un nudo en el estómago. Era cierto. Nada había cambiado entre nosotros. ¿Debía sentirme contenta por ello? Una parte de mí se alegraba, pero la otra experimentaba una enorme decepción.

—Me he supeditado siempre a ti, a tus deseos —me quejé amargamente—. He dejado hasta de pensar en mí. Y eso es precisamente lo que me reprocha Ne... —no me atreví a pronunciar su nombre— mis amigos.

—¿Y no crees que eso es lo correcto?

—Estoy hecha un lío. Solo hay una cosa que tengo clara y que se impone a todas las demás: estoy enamorada de ti. Lo estoy, a pesar de que algunas personas piensen que a mi edad no se tiene la suficiente madurez para enamorarse. ¿Y tú? ¿Estás enamorado de mí del mismo modo?

No me respondió y cambió de tema. Yo sé que eso no significaba que no lo estuviese. Él es así. Le gusta llevar la iniciativa. Tiene que elegir el momento para reconocer las cosas, pero basta que lo presionen para que no lo haga.

Había sonado la sirena que marcaba el final del recreo y la reanudación de las clases. Nos levantamos y nos dirigimos hacia el pabellón.

—Quiero que tengas confianza plena en mí —le dije—. Creo que te doy pruebas para que así sea.

—¿Qué pruebas?

—Tienes todas las claves de mi ordenador, de mi *tablet*. Puedes mirar lo que te dé la gana, entrar a mis chats, a las redes sociales. No tengo secretos para ti. Conoces todos los correos electrónicos que recibo y que envío.

—Has podido crear nuevas cuentas, con otro nombre —dijo sin mirarme, sin volverse a mí siquiera.

—¿De verdad piensas eso? —Me quedé de piedra.

—No estoy diciendo que lo hayas hecho.

Me ocurría a menudo con él que estábamos hablando de cualquier cosa y de repente decía algo y me entraban ganas de llorar. No lo hice porque estábamos llegando al vestíbulo principal.

Pero la cosa no terminó ahí. Íbamos ya por el pasillo cuando, de repente, con esa frialdad de la que solo él es capaz, me dijo:

—¿Y el móvil?

—¿Qué quieres decir?

—Yo no controlo tu móvil. Yo no controlo tus wasaps, ni tus fotos...

—Solo encontrarías una foto comprometida: la que te envié anoche a ti.

Ya estábamos en la puerta del aula. Como de costumbre, nos apelotonábamos todos para entrar. Era el momento de interrumpir la conversación porque nos sentábamos en sitios separados.

—¿Has enviado esa foto a alguien más? —me preguntó antes de alejarse de mí.

El aluvión de alumnos me obligó a seguir caminando; de lo contrario, me hubiese quedado paralizada. ¿A qué venía esa pregunta? Tratándose de Eugenio no era una broma. Él no sabía gastar bromas. Lo había dicho en serio. Y, si era así, ¿qué porquería tenía dentro de la cabeza?

Porquería.

Sí, esa fue la palabra que me vino a la cabeza.

Porquería.

No presté atención a las explicaciones de la profesora, que se pasó la clase entera comentándonos un *powerpoint* que puso en la pizarra digital. Permanecí todo el tiempo garabateando en unas hojas de mi cuaderno.

Porquería, porquería, porquería...

Eugenio, Eugenio, Eugenio...

Acabé dibujando un corazón que encerraba dos nombres: Marina y Eugenio.

Al finalizar las clases salí del aula después de Eugenio. Pude verlo caminar deprisa, dirigirse hacia el vestíbulo principal y cruzar hacia la puerta de la calle. Pensé que me esperaría allí. Aceleré el paso para no hacerle esperar, pero cuando llegué ya no estaba. Sentí mucho desconcierto y me quedé parada esperando a que volviese o a que saliese de improviso de detrás de un árbol porque, de repente, se le había ocurrido gastarme una broma, aunque nunca antes lo había hecho. No sabía qué pensar ni tampoco qué hacer.

Y en esa situación me encontró Nerea. Como de costumbre iba con Inma, Noela, Guillermo y alguno más. Se detuvo delante de mí y se me quedó mirando insistentemente, como esperando que yo le dijese algo o le diese alguna explicación. Pero, como vio que no tenía intención de abrir la boca, finalmente me preguntó:

—¿Te vas a quedar aquí hasta que te conviertas en estatua?

—No, ya me iba —respondí algo turbada.

—¿Quieres venir con nosotros, o prefieres hacerlo sola? —Sus palabras encerraban cierta ironía y cierta guasa. Nerea es una maestra en mezclar ambas cosas.

Recordé la frase más machacona de Eugenio, *no quiero que tengas esos amigos*, y eché a andar con ellos. ¿Cómo iba a negarme a hacerlo? ¿En qué cabeza cabría una cosa así?

Llevábamos todos la misma dirección. Recuerdo que me sentí muy incómoda. Eugenio no estaba, se había marchado sin esperarme, pero tenía la sensación de que podía verme, como si me estuviera espiando a distancia con unos prismáticos. Miraba los edificios y buscaba su figura por las ventanas, por las azoteas; miraba los coches que pasaban, las ventanillas del autobús urbano que cruzaba delante de nosotros; hasta me fijé en un avión que en esos momentos estaba surcando el cielo y me imaginé que podría encontrarse allí, observando desde la altura. Podía salir de un portal, descolgarse de un árbol, saltar desde un contenedor de basura...

Por un lado, temía su presencia, porque eso conllevaría una bronca inmediata entre Nerea y él, pero, por otro lado, confieso que la estaba deseando. Sí, sí, la estaba deseando. Quería esa bronca, quería esa discusión, quería esos gritos, quería esa retahíla de insultos que a buen seguro se iban a dedicar. Lo peor era la no presencia, el abandono, el silencio, el desinterés. Si le gustaba, si estaba enamorado de mí como yo lo estaba, prefería que se plantase frente al grupo y que una vez más se encarase con Nerea. ¿Qué mejor prueba para demostrarme su amor?

De pronto, me di cuenta de que en el grupo estaban hablando de Eugenio y, por consiguiente, de mí, aunque evitaban en todo momento pronunciar mi nombre. No sé cómo empezaría aquella conversación. Tal vez la provocase Guillermo, que pasaba por ser uno de sus mejores amigos, aunque pocas veces se les veía juntos. Me parecía alucinante caminar con un grupo de personas —es verdad que todas eran conocidas, incluso amigas— y estar escuchando una conversación que se refería a mi novio y, por añadidura, a mí. No les cortaba ni un pelo mi presencia. Es cierto que no se estaban metiendo con él, como en otras ocasiones, sino que comentaban su actitud y su comportamiento, sobre el que no parecía existir unanimidad. Hasta Nerea se mostraba menos exaltada.

Me quedé con la boca abierta al darme cuenta de lo que hablaban y, sobre todo, me sorprendió no haberme dado cuenta de en qué momento se había iniciado aquella conversación. Cuando pensaba en Eugenio, con frecuencia me ocurría que me olvidaba de todo lo demás, incluso de lo que me rodeaba; era como si perdiese momentáneamente la capacidad de ver, de oír, de sentir...

Era Guillermo el que más hablaba, el que aseguraba que Eugenio, en el fondo, era un buen tipo.

—Qué gracia me hace eso de «en el fondo» —le replicó Nerea—. Son palabras huecas. En el fondo, hasta Jack el Destripador era un buen tipo, y Freddy Krueger...

—Reconoce por lo menos que tú también te pasas con él —reaccionó Guillermo.

—Si lo hago, y no estoy segura de que lo haga, es solo porque Marina —y me miró con descaro— es una tonta que está dispuesta a renunciar a sí misma por alguien que no la respeta y que la maltrata.

Si lo hubiese dicho otro habría saltado de inmediato, pero imposible hacerlo con Nerea. Creo que ella lo sabe y se aprovecha. No pude replicar, ni siquiera hablar. No quería darme por aludida. Continué caminando a su lado en silencio.

—Pues yo estoy de acuerdo en que te pasas un poco con Eugenio —terció Noela, que hasta entonces había permanecido callada—. Él, en el fondo...

—¿Tú también vas a recurrir a esas palabras? —la interrumpió Nerea.

—Lo que quiero decir es que, en el fondo, actúa así por ella, porque está claro que siente algo, que le gusta, que... Vamos, que sería muchísimo peor que mostrase indiferencia. Yo preferiría tener un novio así antes que uno que pasase de mí.

Nerea resopló y negó con la cabeza, dejando claro que no estaba de acuerdo con aquellas palabras. Yo, sin embargo, miré a Noela y creo que mi rostro reflejó un pequeño alivio, pues al fin alguien parecía juzgar la situación de otra manera.

—Eugenio es muy suyo, eso es verdad —continuó Guillermo—. A mí me sorprende lo claras que parece tener todas las ideas. No se complica la vida cuestionándose nada. Esto es así, y punto. ¿Y por qué es así? Porque yo lo digo, y punto. Es... ¿cómo decirlo? Es muy suyo.

—Muy suyo, sí —apostilló Nerea en tono de broma—. Hoy no estás fino, Guille. ¡Muy suyo! ¡No te jode!

—Lo que quiero decir es...

—Ni mi abuelo el del pueblo tiene esas ideas, ¿te das cuenta? Y lo malo de esas ideas es a lo que nos llevan. Y eso es lo que no podemos consentir las mujeres, aunque seamos unas crías. Al menos, eso es lo que yo pienso. Lo tengo tan claro como que Guillermo ha suspendido el último examen de Matemáticas. Y me desespera que mi mejor amiga no sea capaz de verlo del mismo modo.

Creo que en ese momento todos me miraron. Pero yo seguí caminando como si tal cosa, como si no hubiese prestado atención a su conversación.

Nerea se equivoca al pensar que sus palabras me resbalan. No es así. Sus palabras siempre se me quedan grabadas y les doy muchas vueltas en mi cabeza. Tantas que a veces tengo la sensación de que voy a marearme. Sin embargo, creo que mis palabras sí le resbalan a ella, o que no las entiende, porque le he repetido mil veces que hay algo que está por encima de todo: el amor.

12

*E*l *Fauno coge en brazos a la Ninfa, con mucha delicadeza. La levanta sin ningún esfuerzo, dejando a las claras que es un ser impetuoso y fuerte. Ella se abraza a su cuerpo. Es feliz dejándose llevar. Atraviesa el Fauno la pradera donde minutos antes habían estado tumbados. Sigue una línea recta y no parece detenerse ante nada. Atraviesa también el riachuelo. Se empapan sus pezuñas y sus patas de cabra, pero no se inmuta.*

FAUNO: Cierra los ojos.
NINFA: Solo quiero mirarte a ti.

La Ninfa se aferra a su cuello, se impulsa y consigue levantar la cabeza lo suficiente para buscar sus labios, para atraparlos entre los suyos. Él no cambia de postura ni de actitud y sigue su marcha, poderosa y enérgica.

FAUNO: Cierra los ojos.
NINFA: Contigo estoy segura. Tengo confianza ciega en ti. Dejaría que me llevases a cualquier lugar. Soy feliz.

La Ninfa cierra los ojos.

NINFA: ¡Qué sensación tan extraña y tan placentera! Cerrar los ojos y dejarme llevar, y sentir los brazos vigorosos que me sostienen, el ritmo de los pasos que me transportan, los latidos del corazón que resuenan en tu pecho y el aire que entra y sale pausadamente de tus pulmones...

El Fauno sigue caminando. Nada parece detenerlo ni desviar su camino. La luz radiante de aquel paisaje idílico va palideciendo poco a poco. El cielo ya no es azul, ni la pradera es verde. El agua del río parece volverse opaca. Se hace un gran silencio. Ya no cantan los pájaros, ni se oye a las pertinaces chicharras, ni el ulular del viento entre las ramas de los árboles.

FAUNO: No abras los ojos.
NINFA: *(Muestra cierta inquietud, como si estuviese notando algo extraño)* ¿Qué ocurre?
FAUNO: Nada.
NINFA: ¿Por qué he dejado de escuchar el canto de los pájaros y el rumor del agua...? ¿Por qué no siento ya los rayos del sol sobre mi cara?

Una noche extraña, como un prodigio, se apodera de todo. Ya no queda el atisbo de ningún color, ni la línea caprichosa de las formas, ni el volumen de los objetos.

NINFA: *(Temerosa)* Algo está pasando, lo sé, lo intuyo.
FAUNO: No abras los ojos todavía. Todo está controlado.
NINFA: ¿Controlado? ¿Por qué utilizas esa palabra? No me gusta.
FAUNO: ¿Por qué no te gusta?
NINFA: Muchos me hablan de ella.

El Fauno se detiene en medio de una sala cuadrada, un cubo perfecto, con paredes negras y lisas, sin ningún vano. La luz es grisácea y mortecina, muy difusa; no se sabe de dónde procede. Con el mismo alarde de fuerza con que la levantó, la deposita en el suelo y se aparta de ella.

NINFA: ¿Puedo abrir ya los ojos?

FAUNO: Todavía no.

NINFA: *(Tantea en el aire)* ¿Dónde estás? ¿Por qué te has apartado de mi lado?

El Fauno se va alejando de la Ninfa. Se coloca en una de las esquinas de la habitación negra.

FAUNO: Ábrelos ya.

El Fauno desaparece misteriosamente. La Ninfa abre los ojos y su expresión se llena de espanto al reconocer aquel espacio cerrado.

NINFA: *(Gritando)* ¿Dónde estás? ¿Dónde te has escondido? ¡Por favor, no me dejes sola aquí! ¡Este lugar me da miedo! ¡Me da mucho miedo!

Corriendo, lo recorre entero. Palpa las paredes, las empuja, las golpea repetidamente con fuerza. Busca una salida con desesperación. Abatida, se arrodilla en el centro de la estancia, en actitud suplicante.

NINFA: ¡Volvamos a la pradera, al riachuelo, a los árboles, al sol! Soy una ninfa. No puedo vivir en un sitio como este.

Me moriría. Sí; soy una ninfa y no me importa que mi madre diga que las ninfas son tontas. Soy una ninfa tonta, pero, por favor, sácame de aquí.

Se levanta, pero ya ha perdido todas sus energías. Se contempla y después mira una vez más a su alrededor, pero ya no espera nada, como si se hubiese resignado a su suerte.

NINFA: No quiero ponerme a llorar. Me he dado cuenta de que llorar no es un alivio, sino un refugio. Y no quiero refugiarme en nada que no seas tú. Por ti soy capaz de hacer cualquier cosa. Tienes que creerme. Nunca te había confesado algo así. Tú mismo podrás comprobar hasta dónde llega mi amor por ti.

Se escucha una voz en off. La Ninfa no sabe de dónde procede y mira a todos los lados desconcertada.

VOZ EN OFF DE NEREA: Empieza haciendo algo por ti.
NINFA: ¿Quién es? ¿Quién me está hablando?
VOZ EN OFF DE NEREA: ¿No me reconoces?
NINFA: ¿Eres tú, Nerea? Quizá puedas ayudarme.
VOZ EN OFF DE NEREA: Desde hace tiempo lo intento, pero reconozco que siempre fracaso.
NINFA: Ayúdame a salir de aquí.
VOZ EN OFF DE NEREA: De ahí solo podrás salir por ti misma.
NINFA: ¿Cómo?
VOZ EN OFF DE NEREA: Abre los ojos.
NINFA: Ya los tengo abiertos.
VOZ EN OFF DE NEREA: Te equivocas. Hace mucho tiempo que te has negado a abrir los ojos.

13

Sabía que era la forma más habitual de cortar con una relación. Le había pasado a alguna de mis amigas y, por supuesto, tenía noticia de muchas más. Yo en esto soy un poco antigua, lo reconozco. En una ocasión lo comentaba con mis padres y a ellos, que no están acostumbrados a esta forma de actuar, les sorprendía.

—A ver, que yo me aclare —intentaba razonar mi padre—. Ahora resulta que si una persona decide cortar una relación con otra simplemente se limita a enviarle un wasap que diga: «Fulanito, te dejo a partir de las cinco y veinte de hoy».   *nombre*

—Pues qué quieres que te diga —intervenía mi madre—, a mí no me parece tan mal. Hay gente que no se merece más. ¿Para qué vas a dar justificaciones? Creo que en la mayor parte de las ocasiones lo mejor sería un wasap que dijese: «Vete a la porra», y se acabó.

Sí, soy un poco antigua en esto. Cuando has estado con una persona compartiendo parte de tu vida, de tus sueños, de tus esperanzas, ¿cómo puedes terminar con una escueta frase escrita en la pantalla de un móvil? He oído decir a algunos que es por comodidad. Yo creo que en la mayor parte de las ocasiones es por cobardía, por no atreverte a mirar a los ojos al que está enfrente y a decirle las cosas con tu propia voz y tus propios sentimientos.

Me estoy acordando de alguna película de juicios y de esas tres palabras que siempre suelen utilizar los abogados o los fiscales: premeditación, alevosía y nocturnidad. Esos agravantes siempre están implícitos en una ruptura a través de wasap. Se hace con premeditación, después de haber sido rumiada convenientemente; con alevosía, pues escudarse en la pantalla de un teléfono móvil siempre es una traición, y el que lo hace, aunque suene fuerte la palabra, es un traidor. ¿Y nocturnidad? Identifico nocturnidad con cobardía. ¿No es un cobarde el que se esconde en el tupido manto protector de la noche?

Abrí los ojos cuando escuché los mismos golpecitos de todas las mañanas en la puerta.

—Vamos, Marina, despierta. Es la hora.

Siempre es mi padre el que ejerce de despertador.

Me incorporé en la cama y me estiré a mis anchas. De inmediato me llamó la atención una luz azulada que parpadeaba en mi móvil, que estaba como de costumbre sobre la mesilla. Era el aviso de que tenía algún wasap sin abrir. Hice memoria y recordé que al acostarme los había leído todos, lo que significaba que alguien me había mandado uno muy tarde, cuando ya había conciliado el sueño, o demasiado temprano, antes de despertarme.

Sin salir de la cama, alargué el brazo y agarré el móvil. Lo desbloqueé. Sí, tenía un wasap nuevo y además era de Eugenio. Sentí una mezcla de sorpresa y agitación. Lo leí una vez y confieso que no lo entendí, es decir, entendía todas y cada una de las palabras, pero no conseguía entender el mensaje.

Lo leí por segunda vez. Estaba muy claro, pero me parecía imposible tenerlo escrito delante de mis narices, entre los dedos de mis manos.

Me fijé en la hora. El mensaje había sido enviado a la una y cinco de la madrugada. Yo a esas horas siempre estoy dormida. Y Eugenio también. ¿Y qué hacía despierto anoche? No podía comprender que la respuesta la tuviese delante.

Lo leí por tercera vez.

EUGENIO: No quiero que sigamos saliendo.

Conté las palabras. Cinco. No me gustan los mensajes que comienzan con una negación. Era tan escueto que me pareció lleno de ambigüedad. ¿Qué quería decir realmente? ¿Lo que deseaba era que dejásemos de ser novios? ¿Era eso? ¿Una cosa implicaba la otra? Ya sé que cualquier persona lo habrá entendido sin problema, pero yo no podía creérmelo, por eso seguía dándole vueltas, tratando de desentrañar algún sentido oculto, encriptado.

Tenía el convencimiento de que antes de dar por bueno aquel mensaje debía hacer algo, pero ¿qué? ¿Responderle con la frialdad de otro wasap? ¿Recurrir a los emoticonos y buscar una cara de pena, de tristeza, con unos lagrimones cayendo por las mejillas?

Estoy segura —ahora lo estoy— de que en aquellos momentos no era consciente de lo que de verdad significaba el mensaje de Eugenio.

Mi padre volvió a golpear la puerta de mi habitación con los nudillos. Se extrañó al verme aún sentada en la cama, con el móvil en la mano, con cara de... Bueno, no sé muy bien de qué se me habría puesto cara.

—Marina, vamos. Se te va a hacer tarde.

—Ya voy.

—¿Te ocurre algo?

—No, no, ya me levanto.

Menos mal que fue mi padre. Mi madre nunca me hubiese preguntado «¿te ocurre algo?». Mi madre se habría acercado a la cama, me habría mirado fijamente y su pregunta tendría otro matiz y otra intención: ¿qué te ocurre? Una madre y un padre te quieren igual, pero la diferencia entre ellos está en su forma de preguntar.

Salté de la cama y me encerré en el cuarto de baño. No puedo expresar bien lo que sentía. No lo sé ni yo. He pensado en alguna palabra que pueda expresarlo y la única que se aproxima un poco es *incredulidad*, es decir, no podía creerme que fuera cierto, aunque el mensaje por más que lo mirase permanecía allí, en el rectángulo luminoso del móvil.

Lo mejor sería hablar cuanto antes con Eugenio, aclararlo todo, volver a poner las cosas en orden, deshacer cualquier equívoco... ¡Lo que fuera! Estaba segura de que se trataba de un error, o de un momento de ofuscación, o de un malentendido. Me iría a la carrera al instituto y hablaría con él, cara a cara, mirándonos a los ojos, como tantas veces habíamos hablado.

Traté de evitar a mi madre durante el desayuno, por lo que entré a la cocina cuando ella salía.

—Se te han pegado las sábanas —me dijo.

—Un poco.

Pero no pude evitar que bajásemos juntas hasta la calle. A veces ocurre, su horario de trabajo es parecido al horario del instituto. Eludí su mirarla en el ascensor y permanecimos extrañamente calladas. Como vivimos en un piso alto, se me hizo eterno el descenso.

Ya en la calle nos despedimos. Yo siempre voy andando al instituto y ella coge un autobús. De repente, a la altura de la parada, me soltó la dichosa pregunta:

—¿Qué te ocurre, Marina?

—Llego tarde, mamá. —Por fortuna, iba con la hora pegada al culo.

Ir con la hora pegada al culo me impidió ver a Eugenio antes de las clases. En el aula lo busqué con la mirada. Aparentemente, estaba muy atento a las explicaciones del profesor y no giró ni una sola vez la cabeza, a pesar de que estoy segura de que sabía que yo lo estaba mirando y que mi mirada estaba llena de desconcierto, de incredulidad y de una angustia que no hacía más que crecer en mi interior. La palabra *zozobra* volvía a dar vueltas alrededor de mi cabeza, como un satélite sin alma.

Tuve que esperar al recreo, y ni siquiera allí fue fácil. Era más que evidente que Eugenio me evitaba, me rehuía. Le acorralé literalmente en el patio, muy cerca de donde habíamos hablado en otras ocasiones.

—¿Qué te ocurre, Eugenio? —Me di cuenta de que le había hecho la misma pregunta que mi madre me había hecho a mí.

—Nada —respondió.

Saqué el móvil, busqué su wasap y se lo mostré.

—¿Y esto?

—Ya lo has leído, ¿no?

—No entiendo lo que significa.

Hizo un gesto de contrariedad, como indicando que estaba muy claro y no necesitaba explicarlo.

—¿Qué es lo que no entiendes?

—No entiendo por qué a la una y cinco de la madrugada estabas despierto escribiéndome.

—Quería decirte algo y te lo dije. Eso es todo.

—Pues repítemelo ahora, por favor.

—Puedes volver a leerlo tú misma.

—No. Quiero oírlo de tu boca.

Parecía que mis palabras le iban dando ánimos. Sabía que nunca se iba a mostrar en una actitud apocada, huidiza. Enseguida se reafirmó en él esa parte de aparente seguridad, esa necesidad de sentirse superior, de no cuestionarse nada.

—Puedo repetirte las palabras exactas —me dijo con extrema frialdad—. O también puedo expresarlo con otras.

—¡Dímelo! —Estaba a punto de perder los nervios.

—No quiero que sigamos saliendo.

Eran las palabras exactas.

Ese fue el momento en que sentí un verdadero jirón en mi alma. O un siete, como dice mi padre. Mi alma convertida en un siete.

—¿Ya no somos novios? —pregunté como una pánfila.

—No.

—Pero tú y yo..., nosotros..., los dos... —No podía pensar con claridad y por consiguiente era incapaz de hilvanar una frase con un poco de sentido—. Ayer nos queríamos, ¿lo recuerdas?

—Todo puede cambiar de un día para otro.

—Algunas cosas no.

—Es así.

Se dio la vuelta y comenzó a alejarse. Lo hubiese seguido con gusto, pero no me podía mover del sitio; mis músculos, mis tendones, mis articulaciones habían dejado de funcionar.

—¡Para mí no es así! —le grité. Y luego bajé la voz y creo que pronuncié unas palabras solo para mí—: Sigo y seguiré estando enamorada de ti.

Él no se volvió. Ni siquiera pareció inmutarse. No sé por qué extraño motivo me lo imaginé sonriendo, autosuficiente y soberbio, un gesto muy característico suyo, con el que suele expresar un sentimiento de triunfo y complacencia.

Mi cabeza se convirtió en un hervidero. Era tal su actividad que me impedía concentrarme en cualquier otra cosa. Una obsesión comenzó a arraigar entre mis pensamientos: la postura de Eugenio tenía que deberse a algo que yo había hecho mal, algo que no le había gustado. No encontraba otra explicación.

Una vez dado por sentado lo anterior me topaba con la pregunta más difícil. ¿Qué he hecho mal? Yo me veía como la única culpable. Las cosas, los sentimientos, no pueden cambiar súbitamente, de un día para otro, y si cambian es porque alguien ha hecho algo incorrecto. Aceptaba que era así, pero ¿qué había hecho? Esa era la gran incógnita, pues por mucho que me lo preguntase no hallaba una respuesta convincente.

Al final solo encontré una cosa que pudiera haber desencadenado la tormenta: Nerea y mis amigos. Lo cierto es que me había alejado muchísimo de ellos, pero quizá no tanto como Eugenio pretendía. Los seguía viendo, eso era prácticamente inevitable, y charlaba con ellos. Con Nerea, por supuesto, mucho más. Nos enviábamos mensajes a menudo, nos llamábamos por teléfono y yo aprovechaba para hablar en persona con ella cuando Eugenio no estaba presente. ¿Sería eso? Tenía que serlo a la fuerza, pues era incapaz de encontrar otro motivo.

Creí entender claramente el mensaje de Eugenio: él no quería que relegase a mis amigos a un segundo plano; simplemente, quería que los sacase de mi vida, como si nunca hubiesen existido. Pero ¿eso era posible?

Al terminar las clases, Eugenio abandonó muy rápidamente el aula y se alejó hacia la salida. Iba con Guillermo. Ya he dicho que Guillermo pasaba por ser uno de sus mejores amigos. No lo entiendo, porque no se parecen en nada. Pero es verdad que Guillermo se lleva bien con todo el mundo. Creo que es muy buena gente, con sentimientos nobles, siempre amable y sonriente.

No tenía intención de seguirlos, pues sabía que no los alcanzaría, a no ser que me echase una buena carrera. Y mis ánimos no estaban precisamente para correr. Me entretuve a propósito y salí muy despacio, con la esperanza de no encontrar ya a nadie. Me apetecía estar sola, rumiando todo lo que me había sucedido para ver si era capaz de digerirlo.

La desbandada se había producido. Ya no quedaba nadie por el pasillo y, en el vestíbulo principal, el conserje se estaba preparando para cerrar la puerta y dar así por concluida la jornada. Salí a la calle por la puerta grande, que estaba abierta de par en par porque algunos profesores salían por allí con sus coches.

Todos los días ocurría igual: de repente, cuando la última sirena comenzaba a sonar, la urgencia se apoderaba de nosotros. Nadie se libraba de ella, ni los alumnos, ni los profesores, ni el conserje, ni el director... El ritual cotidiano. Inconscientemente acelerábamos los movimientos y cambiábamos las prioridades que debían mantenernos activos durante el resto de la jornada. Solo un verdadero cataclismo podía alterar aquella rutina. Y un cataclismo era lo que a mí me había sucedido.

En la acera, Nerea y algunos amigos del grupo estaban parados formando un corro. Me estaban esperando. Sé que me estaban esperando. No me lo dijeron, pero no hacía falta.

—¿Qué te ocurre, Marina? —Nerea había avanzado hacia mí, separándose del resto.

Otra vez la misma pregunta. ¿Por qué me hacía esa pregunta si no era mi madre? ¿Y por qué antes se la había hecho yo a Eugenio si tampoco soy su madre?

No le respondí. No es que no quisiera hacerlo, es que no me salían las palabras del interior. Ella permaneció un rato mirándome, expectante.

—Soy tu amiga —me dijo al fin—. Eso no lo olvides en ningún momento.

Y entonces estallé.

Me lo estaba temiendo. Un estallido incontrolado del que yo misma ignoraba las consecuencias. Lo sentí claramente en el interior de mi cuerpo y, a pesar de la convulsión, me di cuenta de que la onda expansiva podría lanzarme en diferentes direcciones. ¿Cuál sería la adecuada?

Podría caer en los brazos de Nerea, mi amiga Nerea, mi mejor amiga, la amiga que me había prometido que pasase lo que pasase lo sería siempre. Eso era lo más previsible, lo más lógico, lo que todo el mundo estaría esperando.

Podría caer en los brazos de la tristeza infinita. Y la tristeza me llevaría al desconsuelo, y el desconsuelo a la desesperación, y la desesperación a quién sabe dónde, posiblemente a la locura.

O podría caer...

Sí, estallé.

—¡No quiero volver a cruzarme en la vida contigo! —le grité con todas mis fuerzas—. ¡No quiero saber nada de ti ni de ninguno de vosotros! ¡No me repitas nunca más que eres mi mejor amiga! ¡No quiero que lo seas! ¡Ya no lo eres, entérate!

—¿Qué te ha pasado, Marina? —repitió la dichosa pregunta, aunque con un ligero matiz, intentando no perder el control y no caer en un absurdo diálogo a gritos.

Yo ya había explotado y tenía la sensación de que me estaba desangrando. Pero no quería el consuelo de Nerea ni el apoyo de sus brazos extendidos. Al contrario, estaba vomitando contra ella todo el fuego que llevaba en el interior.

Como la conozco bien, sé que hizo un esfuerzo para contenerse, para permanecer callada, para no replicarme. Estoy segura de que ya sabía lo que había sucedido y de que, mientras me escuchaba despotricar, solo pensaba en lo que debía hacer por mí y, sobre todo, en lo que debería hacer a partir de ese instante.

—¡Y si quieres te lo mando por wasap! —Yo seguía, imparable—. ¿¡Es la forma de hacerlo, no!? ¡Te lo puedo escribir palabra por palabra! ¡Os lo puedo enviar a todos! ¡Sí, lo haré! ¡Ya no soy vuestra amiga! ¡Dejadme en paz! ¿Os ha quedado claro? ¡Cuando lo veáis escrito en vuestros móviles no tendréis ninguna duda! ¡No quiero que volváis a acercaros a mí! ¡No quiero teneros a mi lado! ¡No quiero ni siquiera cruzarme con vosotros!

No me calmé, pero llegó un momento en que sentí que ya no podía decirles más cosas. Me ajusté la mochila con los libros a la espalda y comencé a caminar. Por fortuna nadie me siguió, pero sí escuché unas palabras de Nerea, que yo creo que pronunció para ella misma:

—Seré tu mejor amiga siempre, Marina, te pongas como te pongas.

14

Trato de remover las brasas de la hoguera
en busca de un rescoldo que me dé consuelo
y me devuelva los recuerdos de mí misma.

Pisoteo las humeantes montañas de escoria,
la nada ennegrecida y apestosa, la desolación,
el silencio turbador que preludia al espanto.

Ausencia es lo que queda cuando ya no queda nada,
ausencia son las alas negras de un pájaro gigante
que nos nublan el sol y nos enlutan el alma.

15

A mediodía llego a casa poco antes que mi madre. Por lo general comemos solas, pues mi padre suele hacerlo en el trabajo. Caliento la comida, preparo una ensalada y pongo la mesa. Cuando oigo la puerta todo está listo. Ella abre y siempre pronuncia la misma frase:

—Vengo muerta de hambre.

Evidentemente, yo soy la que espera; sin embargo, ese día fue al revés. No, no quiero decir que ella hubiese llegado antes a casa, si no que cuando lo hizo tuve la sensación de que me estaba esperando. La mesa estaba puesta, como de costumbre, y del horno salía un olor a besamel y queso fundido.

Nos sentamos frente a frente sin haber cruzado más palabras que los saludos de rigor. Yo me llené exageradamente la boca. Tengo que decir que, en contra de lo que le pasa a mucha gente, los disgustos no me quitan el hambre, sino todo lo contrario. Menos mal que no soy de las que cogen kilos con facilidad.

—¿Qué te ocurre, Marina?

Aunque parezca increíble volvió a repetirme la pregunta con la que nos habíamos despedido por la mañana, la pregunta de la que no había conseguido librarme y que ya me estaba pareciendo una obsesión.

Se me quedó mirando a los ojos.

Te conozco como si fueras mi hija.

Me conoces porque soy tu hija.

Yo empecé a masticar a toda prisa, a tragar. Creo que mientras lo hacía estaba pensando en la respuesta que debía darle. Estaba claro que no serviría decirle que no me pasaba nada. Contarle la verdad no entraba de ninguna manera en mis planes. ¿Entonces...?

Bebí un largo trago de agua. Mi madre había empezado a comer también, pero yo sabía que seguía esperando una respuesta, mi respuesta. Permanecimos unos segundos en silencio, hasta que nuestras miradas volvieron a encontrarse. Entonces no pude contenerme y me eché a llorar.

Le conté todo. No solo que mi novio me había dejado, porque eso es lo que había hecho Eugenio conmigo, sino también cómo nos habíamos conocido, cuándo empezamos a salir, lo muy enamorada que estaba de él, lo difícil que me resultaba complacer sus reacciones desconcertantes...

Mi madre me consoló como mejor pudo diciéndome cosas obvias, que seguro que cualquier madre dice a su hija en una situación semejante.

—Es más normal de lo que piensas.

—Pero no lo entiendo.

—Así vamos creciendo, hija, a fuerza de desengaños.

—¿Y por qué tenemos que crecer de esa manera?

—Lo importante es mirar siempre hacia delante.

Al final, acabamos las dos en el sofá. Yo me tumbé en su regazo y ella me acariciaba el pelo. De niña me encantaba, pero hacía años que no estábamos así. Si por la mañana alguien me lo hubiese dicho, no me lo habría creído.

—Y yo que pensaba que nunca más iba a tenerte así, tumbada en mi regazo, acariciándote el pelo. —Mi madre sonreía dulcemente—. Cuando alguna vez lo intentaba tú me respondías con un bufido.

—¿Un bufido?

—Como mínimo un bufido. Creo que te sentías ya muy mayor y mi regazo te remitía a la infancia. Has sido una adolescente de armas tomar.

—¿Has sido? ¿Ya no lo soy?

—Supongo que sí, pero no sé si a partir de ahora podré seguir considerándote una adolescente.

Confieso que el regazo de mi madre, sus dedos entre mi pelo, fue lo único que me sirvió de consuelo, de apaciguamiento, de descanso. Cerré los ojos, aunque sabía que no me iba a dormir en aquella postura. Sentía cómo ella se tomaba un café a pequeños sorbos. Me encanta el olor del café, las cafeteras, las tacitas donde se sirve; pero, aunque lo he probado, no me he acostumbrado aún a su sabor. Creo que es cuestión de tiempo y que acabaré siendo una gran cafetera, como mi madre. Mi padre, sin embargo, es del chocolate; se pasaría el día tomando chocolate. En algunas cosas es como un niño.

Pensaba en el café de mi madre y en el chocolate de mi padre. Por primera vez en el día podía pensar en otra cosa que no fuese yo misma y el dolor que me corroía por todas partes, o Eugenio, o el wasap que me sabía de memoria y que se hubiese desgastado de tanto leerlo de haber estado hecho de otra materia: *No quiero que sigamos saliendo.*

En aquella postura solo podía contemplar el rostro de mi madre de abajo arriba. Desde luego no era su mejor ángulo, pero a mí me gustaba, sobre todo, me recordaba muchos momentos que no podría separar entre sí porque ya formaban parte de un todo.

—¿Los faunos solían hacer daño a las ninfas? —le pregunté de pronto.

Ella bajó ligeramente la cabeza y me miró.

—Creo que ya te expliqué que los faunos y las ninfas pertenecen a mitologías diferentes.

—Sí, lo recuerdo.

—Para ser más exactos podríamos cambiar a los faunos por los sátiros.

—¿También tenían patas de cabra y cuernos?

—Sí.

—¿Y hacían daño a las ninfas?

—Bueno, era mejor que las ninfas se guardasen de ellos, pues solían ser un poco salvajes y aficionados a la bebida. Digamos que perdían el control con facilidad. Les gustaba la música y la danza. Tocaban el caramillo, que era parecido a una flauta, para atraer y seducir a las ninfas.

—¿Y no crees posible que en alguna ocasión se hayan encontrado una ninfa y un fauno?

—En las historias mitológicas todo es posible. Solo es cuestión de terminología.

—A mí siempre me ha gustado que me contases historias mitológicas, aunque creo que hay que tener una memoria de elefante para recordarlas todas.

—Me alegro de que me lo digas, que buenas peleas mantuve con tu padre por el tema.

—También me gustaban los cuentos que me contaba él.

Mi madre suspiró, quizá con nostalgia, pensando en el momento en que yo era una niña pequeña ávida de historias. Después, permaneció unos segundos en silencio, acariciándome. Algo le estaba dando vueltas en la cabeza. Lo sabía.

La conozco como si fuera mi madre.

La conozco porque es mi madre.

—Quizá te parezca que me voy a meter en algo que no me importa —me dijo de pronto—. Pero las madres somos así, nos dejamos guiar por nuestra intuición, o por ese dichoso sexto sentido del que tanto se habla.

—¿Qué quieres decir?

—Pues que creo que es lo mejor.

—¿A qué te refieres?

—A ese chico y a ti.

—No te entiendo.

—Cuando me hablas de él, de sus reacciones, de la manera de comportarse... no sé, pero hay algo que no me gusta. Y me da miedo que mi hija se encuentre en medio de...

—¿Vas a empezar a hablarme como Nerea? —No la dejé terminar—. Ella no lo soporta.

—Pues ya sabes que a mí Nerea siempre me ha caído muy bien. Es una chica sensata e inteligente.

—¿Crees que yo no lo soy?

—No es eso, no me interpretes mal. Llamaré a Nerea y...

—¡Ni se te ocurra!

Y salté de su regazo.

—Bueno, no te pongas así.

—Promete que no lo harás.

—Prometido.

—Júramelo.

—Déjate de bobadas.

—Jurar es más que prometer.

—¿De dónde has sacado esa idea?

Por supuesto, no quise decirle que había sido Eugenio el que me había enseñado a jurar.

Romper con tu novio puede destrozarte el corazón, dinamitar tu vida entera, y eso era lo que a mí me estaba ocurriendo; pero también puede traerte alguna cosa buena. Por ejemplo, esa noche estuve hablando un buen rato por Skype con Max, el hijo de Máximo y Bea, mi *hermano* elegido. Él no sabe nada de la existencia de Eugenio. Nunca le he hablado de él. Se venía quejando de que siempre le ponía excusas para charlar, de que no sabía casi nada de mí y de que mis mensajes eran muy escuetos.

Max me dijo que estaba feliz en Estados Unidos. No le había costado mucho adaptarse a la nueva vida, a los nuevos amigos, y me animó a que yo hiciera lo mismo.

¿Irme a Estados Unidos? No quería ni imaginarlo. Eso supondría alejarme definitivamente de Eugenio, pero... ¿no habíamos roto ya? ¿O acaso estaba albergando la esperanza de que nuestra separación fuera pasajera? ¿Y por qué no podía serlo? Todas las parejas tienen crisis, es algo sabido, ¿por qué no podíamos tener nosotros nuestra primera crisis y, tras unos días de dudas, volver con nuevas ilusiones? Por otro lado, pensaba que la idea de la crisis pasajera era solo una ilusión que yo me estaba inventando y a la que trataba de aferrarme.

Lo peor fue cuando Max me dijo que le hablase de mí. Me sentí un poco acorralada y de inmediato me escapé por el tema escolar: que si el curso es muy duro, que si algunos profesores son unos descerebrados, que si el ambiente del instituto... Y, ante su insistencia, le dije que estaba como siempre, es decir, bien, normal, y hasta procuré sonreír; pero creo que se me humedecieron los ojos. Menos mal que la imagen del Skype era mala. Eso me salvó. Max confundió mis incipientes lágrimas con un brillo de felicidad que irradiaban mis ojos. Sí, la tecnología puede provocar estas confusiones.

Me acosté temprano.

No tenía sueño ni ganas de quedarme en el salón con mis padres, viendo alguna película. Tumbada, abrí el libro que estaba leyendo, que me estaba gustando mucho, y comencé a leer. Al terminar el primer párrafo me di cuenta de que no me había enterado de nada. No podía concentrarme en aquellas páginas. Abrí mi portátil y volví a cerrarlo. Me fijé en mi armario abarrotado de ropa y abierto de par en par.

Finalmente me concentré en el móvil. Miré algunas fotos que tenía guardadas. La mayoría eran antiguas, del verano pasado, o anteriores. Él casi nunca me enviaba fotos y tampoco nos las hacíamos juntos. Entonces recordé una en particular, la que yo misma me había hecho en el cuarto de baño, con cara de sueño, despeinada, con la chaquetilla de pijama desabotonada y abierta. Después de su *huida* a la salida de clase no pensaba escribirle, aunque era lo que más deseaba, pero aquella fotografía me proporcionó la excusa perfecta.

MARINA: Espero que hayas borrado la foto que te envié.
EUGENIO: ¿Qué foto?
MARINA: Lo sabes muy bien.
EUGENIO: Esa foto me pertenece. Tú solo eres la modelo que está posando.

Había contestado de inmediato a mi wasap, lo que significaba que estaba con el móvil en la mano, quizá esperando, esperándome. Que le preguntase por la fotografía debió de desconcertarle un poco y, por eso, sus respuestas eran evasivas, como si pretendiese ganar un poco de tiempo para centrarse en el diálogo y finalmente, como de costumbre, controlarlo.

MARINA: Tú me pediste que me hiciera esa foto y que te la enviase, y lo hice.

EUGENIO: Éramos novios. ¿Qué hay de malo en eso?

MARINA: Ahora te pido que la borres.

EUGENIO: Pero ahora ya no somos novios y no tengo por qué obedecer tus deseos.

MARINA: Te lo pido por favor.

EUGENIO: Veo que solo te preocupa esa foto.

MARINA: ¿Cómo puedes decir eso? No había pensado en ella hasta hace un momento.

EUGENIO: ¿Y en qué pensabas?

MARINA: Me encuentro tan mal que no puedo ni siquiera organizar mis pensamientos. ¿Y tú?

EUGENIO: ¿Yo?

MARINA: ¿Cómo estás?

EUGENIO: Bien.

MARINA: ¿Ha sido fácil para ti?

EUGENIO: No ha sido fácil.

Eso fue lo último que escribió aquella noche. Yo insistí, ya que no quería interrumpir la conversación en ese punto. Le mandé más mensajes. Le pregunté si estaba cansado, si tenía sueño, si se había quedado dormido... No volvió a responderme. Me di cuenta de que mis mensajes ni siquiera estaban siendo leídos.

Llena de rabia, prácticamente tiré mi móvil contra la mesilla. Me di la vuelta y me arrebujé con el embozo. Me repetía una y otra vez sus últimas palabras, que confieso que me sorprendieron y hasta me emocionaron un poco. Él mismo reconocía que no había sido fácil. Eso significaba que era muy posible que estuviera sufriendo también por la situación. Y si él sufría y yo sufría... ¿qué sentido tenía todo? Después me dije que era una imbécil si me consolaba pensando que para Eugenio no había resultado fácil mandarme a freír espárragos. ¿Sería él consciente de que para mí había sido la mayor catástrofe de mi vida?

Y en medio de la catástrofe escuché varios golpecitos en mi puerta, suaves, cadenciosos, como si más que llamar la atención pretendiesen hacer una pregunta, un ruego.

—¿Estás despierta?

Me sorprendió escuchar la voz de mi padre.

—Sí —respondí, al tiempo que me revolvía en la cama.

Él abrió la puerta y entró. Lo primero que hizo fue regalarme una de sus sonrisas, y reconozco que lo agradecí, a pesar de que no fui capaz de corresponderle con otra. Se sentó en el borde de la cama y durante un rato nos miramos en silencio.

—Te iba a preguntar si te encontrabas bien, pero he comprendido que es una pregunta absurda, porque sé que no lo estás —me dijo sin apartar sus ojos de mí.

—Ya has hablado con mamá y ella te habrá contado que...

—No hace falta que mamá me cuente nada —me interrumpió—. Hay cosas que se comprenden sin hablar.

—Entonces ¿por qué vienes ahora a hablar conmigo? —No estaba dispuesta a mostrarme débil, deseosa de mimos y consuelo.

Mi padre se encogió de hombros y volvió a sonreírme de esa forma tan suya.

—En realidad, me gustaría contarte un cuento, como hacía cuando eras pequeña.

Sus palabras me desarmaron y no supe qué responderle.

—¿Cuál? —le pregunté al fin.

—Elige tú.

—*Los tres cerditos* era de los que más me gustaba.

—Te lo conté decenas de veces.

—O centenares.

Mi padre afirmó con la cabeza y después se levantó.

—El tercer cerdito levantó una casa muy sólida, de ladrillo y cemento. El lobo nunca pudo derribarla.

—Has empezado por el final.

—Solo te he recordado el final —me corrigió. Se dirigió hacia la puerta y, antes de salir de la habitación, se volvió—: No voy a darte ningún consejo, aunque quizá debería hacerlo, pero sí voy a darte mi opinión.

—Yo no te la he pedido.

—Hace tiempo que tu madre y yo hablamos de ese chico.

—No lo conocéis.

—En tu comportamiento observábamos cosas que no nos gustaban.

—¡Os alegráis de lo que ha pasado! —estallé.

—¿Tú crees que podemos alegrarnos de que nuestra hija sufra? —Era difícil que mi padre perdiera la calma.

—Espero que no.

Tenía ya medio cuerpo fuera de la habitación. No sé cómo se las apañaba para no apartar los ojos de mí.

—Ese chico no te quiere —me dijo antes de salir.

Me quedé dormida pensando en el cuento de *Los tres cerditos*, en la resistente casa de ladrillo y cemento que había levantado el tercero y contra la que se chocaba infructuosamente el lobo.

16

Mi enfado con Nerea duró exactamente once días, hasta el segundo fin de semana sin Eugenio, cuando comprendí que era absurdo perder, además de un novio, a mi mejor amiga. Ella no mostró ningún resentimiento y me recibió con los brazos abiertos. Le agradecí que no mencionase a Eugenio ni hiciera ninguna referencia al pasado reciente. Sé que le costaría trabajo, que tendría que morderse la lengua en algunas ocasiones, pero debió de entender que era lo mejor para mí.

El primer fin de semana sin Eugenio lo pasé completamente sola y no quiero recordarlo porque fue un infierno. Me negué a salir con mis padres, que estaban dispuestos a ir adonde yo quisiera; me negué a hablar con Nerea, que me llamó en varias ocasiones. Quería estar sola, pero al mismo tiempo me daba cuenta de que la soledad me estaba despedazando. En el fondo, creo que aún esperaba que la pantalla de mi móvil se iluminase con un mensaje suyo, un mensaje escueto, como de costumbre, incluso un poco borde, pero un mensaje que me devolviese la ilusión y que borrase toda la angustia y el vacío que estaba sintiendo.

Tenía la sensación de que no aguantaría otro fin de semana así, a no ser que me volviese completamente loca. Confieso que fue un alivio atender la nueva llamada de Nerea. Siempre le agradeceré que no tirase la toalla y que insistiese una y otra vez. Me convenció para que el domingo por la tarde me fuese con ella —bueno, con ella y con unos cuantos más—, a un parque que nos gustaba mucho. Como estaba algo lejos del barrio teníamos que ir en autobús. Se encontraba en una loma redondeada y desde allí podía verse gran parte de la ciudad. Nos gustaba, además, porque estaba lleno de recovecos y era relativamente fácil perderse. Y eso es lo que hacíamos: tirarnos sobre la hierba, beber alguna cosa que habíamos comprado previamente, escuchar música con los móviles y sobre todo reírnos, bromear, charlar. Visto desde fuera no parece muy atractivo, pero creo que a nosotros nos gusta porque es una forma de estar con los amigos.

¡Los amigos! Ahora tendría que volver con los amigos. Yo había dado un paso adelante: el novio. Sin embargo, ahora tendría que dar un paso atrás: de nuevo los amigos. ¿Por qué el novio tenía que ser un paso adelante y los amigos un paso atrás? ¡Qué absurdo!

Además de Nerea, estaban Noela, Inma, Santi y Guillermo. Inma acababa de enviar un wasap a unos amigos suyos indicándoles nuestra ubicación para que se uniesen al grupo. Esto era muy habitual. Empezábamos cuatro o cinco y terminábamos quince o veinte.

No me extrañó que estuviese Guillermo, pero su presencia me removió un poco. Guillermo, el amigo de Eugenio, seguramente la persona que más cosas sabía de él. Es posible que incluso supiese detalles que yo desconocía. Hubiese preferido no tenerlo al lado, aunque reconozco que por un momento pensé en acercarme a él y preguntarle por Eugenio. Estaba deseando saber algo. Pero de inmediato me propuse no hacerlo. No iba a hablar de Eugenio con nadie, ni siquiera iba a pronunciar su nombre. Además, no me apetecía cruzar ni una sola palabra con Guillermo. Lo ignoraría, como si no estuviese.

Guillermo, sin embargo, no me ignoró a mí.

Habíamos buscado una praderita entre unos árboles para tumbarnos en la hierba. Era uno de esos días soleados del otoño, lo que nos permitiría estar allí al menos hasta que se pusiese el sol. Nos empezamos a sentar y yo me fijé en el lugar donde iba a hacerlo Guillermo para colocarme justamente en el extremo opuesto. No sé cómo lo hizo, lo confieso, pero cuando me senté me di cuenta de que lo tenía a mi lado. Lo miré sorprendida y me sonrió. En realidad no sé si me sonrió, pues él lleva la sonrisa impresa en su rostro. Es como su seña de identidad.

—Me alegro de que te hayas animado a venir —me dijo.

Pensé que lo mejor sería responderle «déjame en paz»; sin embargo, comencé a balbucear palabras incoherentes:

—Bueno, en realidad... Es que me llamó Nerea y yo... Pues al final, ya ves, he venido, pero...

Entonces tuve la sensación de que Guillermo empezaría a hablarme de Eugenio —que en el fondo era lo que yo deseaba, aunque me negase a admitirlo—, pero no fue así. Ni siquiera lo mencionó, ni a él ni a nada que tuviera algo que ver con su persona. Se lo agradecí, claro, pero también me dio un poco de rabia. ¡Qué contradicción! Es que no saber nada de Eugenio, percibir solo su silencio, su lejanía, su indiferencia, era una verdadera tortura. Eugenio se había convertido en la ausencia. Ausencia. Es otra palabra que voy a subrayar.

Ausencia.

He empezado a descubrir el verdadero significado de esta palabra. Puede haber distintas clases de ausencia, pero creo que todas son muy tristes y dolorosas. La ausencia es algo que se desprende de ti y cuando lo buscas a tu alrededor ha desaparecido. Y si insistes en la búsqueda solo hallarás el vacío.

Vacío.

Ausencia.

Guillermo y yo hablamos de muchas cosas. Llegó un momento en que casi nos sustrajimos del grupo y tuvimos la sensación de que estábamos solos. Tengo que reconocer que hablamos sobre todo de los temas que él sacaba, pero fue culpa mía, pues yo me negaba a dar un giro a la conversación y me limitaba a dejarme llevar.

—Me encantan las motos —me decía.

—No me extraña.

—¿Por qué?

—¿Existe algún chico al que no le encanten las motos?

—¿No te gustan a ti?

—Meten demasiado ruido. Y la mayor parte de los que las conducen son unos... Bueno, me lo callo.

—Yo no tengo moto, pero la tendré.

—Lo imagino.

—Te daré un paseo en ella.

—Ni lo sueñes.

—Y a ti, ¿qué te gusta?

Reconozco que Guillermo siempre lo intentaba. Quería que le hablase de mí, de mis gustos, de mi vida, de mis cosas... Pero yo había decidido cerrarme a cal y canto y mi única respuesta era encogerme de hombros.

Sacó su móvil y en YouTube estuvo buscando algo con mucho interés. Cuando lo encontró me lo puso delante de la cara.

—¿Los conoces?

—No.

—Son buenísimos.

—Ni idea.

—Se acaban de cambiar el nombre. Ahora se llaman Caníbales Vegetarianos.

—Nunca los he oído.

—Pues en directo no te lo puedes ni imaginar.

Activó el sonido moderadamente, de forma que no interfiriese en las conversaciones de los demás. A mí aquel grupo no me pareció nada del otro mundo y tenía la sensación de que ya había escuchado su música antes miles de veces.

—Ya los oiré con más tranquilidad —le dije a Guillermo para que se quedase contento.

—La semana que viene tocan en un local del barrio. Ahora es el momento de verlos. Cuando se hagan famosos, y lo conseguirán en breve, se volverán inaccesibles. Podríamos ir a verlos juntos. ¿Te apetece?

—No.

Mi negativa debió de sonar un poco fuerte, tajante, incontestable. Guillermo me miró y arqueó exageradamente las cejas, como diciendo: «Bueno, qué se le va a hacer, ya habrá otro momento...».

—Dime algún cantante o grupo que te guste mucho —insistió.

Por supuesto que tengo mis cantantes y mis grupos favoritos, pero seguí en mi postura hasta el final.

—No sé.

—Alguno habrá.

—No me acuerdo ahora.

—No te veo con muchas ganas de hablar.

—No.

Cualquier otro me hubiese dejado en paz, pero yo no me quité a Guillermo de encima durante el resto de la tarde. Descubrí una faceta que desconocía de él es un parlanchín, no se cansa nunca. A veces, como veía que yo no respondía a sus preguntas, lo hacía él mismo. Me resultaba gracioso. Trataba de imaginar lo que yo respondería. Creo que para él se convirtió en un juego y tengo que reconocer que algunas de sus respuestas imaginarias se parecían a las que yo hubiese dado.

Solo cuando regresamos al barrio en el autobús me libré de Guillermo, y fue porque Nerea se acercó a mí. Creo que la presencia de ella fue suficiente para que se retirase. Nos sentamos juntas en un asiento doble. Yo estaba al lado de la ventanilla y miraba la calle, la ciudad apática de los domingos al final de la tarde. Ya era de noche. Me sentía un poco destemplada, pues a última hora había comenzado a hacer frío en el parque.

Durante un buen rato Nerea y yo permanecimos en silencio. Ya le había pedido disculpas por mi reacción, por todas las cosas que le había dicho sin pensar, y no sabía cómo iniciar una conversación con ella que no resultase demasiado forzada. En la ventanilla del autobús la veía reflejada, superpuesta al paisaje urbano y nocturno. Parecía una película. ¿Qué película?

—¿En qué piensas? —me preguntó.

—En una película.

—¿Qué película?

—No lo sé.

Nos miramos y nos sonreímos.

—No me hubiese molestado que me mandases a tomar viento fresco.

—¿Por qué dices eso?

—Te he hecho una pregunta que odio: «¿En qué piensas?». No puedo soportarlo. Cuando alguien me la hace, respondo: «¡Y a ti qué te importa!».

—La próxima vez que me la hagas te responderé eso.

—Pues perdona por habértela hecho.

—Perdonada. Pero te diré que mi respuesta era cierta; estaba pensando en una película: dos chicas en un autobús, una de ellas mirando por la ventanilla, en la que ve reflejado el rostro de la otra... La ciudad, la noche...

—¿Cómo se titula?

—No sé el título.

—¿Y cuál de las dos era la protagonista?

—¡Yo, por supuesto!

—¡Eso habría que verlo!

Nos echamos a reír.

—Creo que en este momento no me puedes negar ese papel. Mi vida es más... —Me quedé pensando en la palabra adecuada—, es más... cinematográfica que la tuya.

—¿Cinematográfica?

—Creo que no he acertado con la palabra.

—Bueno, se podría decir así.

—Buscaré otra palabra. —Negué con la cabeza.

—¿Y sabes el final de la película?

—Aunque parezca raro, es una película que no he visto.

—Pues me dejas en ascuas. —Nerea intentó poner cara de intriga—. A mí me gusta imaginar los finales de las películas.

—Lo sé, no me lo recuerdes. Eres odiosa. En la mayor parte de las ocasiones aciertas.

—Y eso me enfada, te lo aseguro. Las películas que más me han gustado son las que no he acertado con el final.

—Sí, no hay nada peor que un final previsible.

—A veces previsible desde el minuto uno. —Me miró y noté un gesto de curiosidad en su rostro—. Y esa película en la que estabas pensando, aunque no la hayas visto, ¿no te imaginas cómo podría terminar?

—No, ni idea. Pero estoy segura de que tú sí serías capaz de hacerlo.

—¡Bah! —Nerea hizo un gesto de desprecio con una de sus manos—. No tengo ganas de imaginar finales.

—¿Has ido al cine estos días?

—Sí, claro, el cine y yo somos inseparables.

—¿Alguna peli buena?

—Te recomendaré una que es genial. Si quieres te acompaño. No me importará verla otra vez.

—¿Adivinaste el final?

—Me enganchó de tal manera que me olvidé de pensar en el final.

—Sorprendente.

—Sí. Eso me hizo comprender que quizá lo importante no sea el final, sino el mientras tanto.

—¿Qué quieres decir?

—Es una frase que leí cuando era pequeña en un libro infantil. Se me quedó grabada. La bruja Esmeralda le dice a Nano: «Lo importante en la vida es el mientras tanto». ¿Te suena?

—Yo, de niña, estaba más acostumbrada a historias de la mitología.

—Así has salido tú. —Nerea no pudo contener una risotada.

—¡Eh, un respeto! —le secundé con mi risa—. La mitología es una cosa muy seria.

—No lo dudo: Zeus, Saturno, Afrodita, Juno, Baco...

—Las ninfas, los faunos...

Y así continuamos hablando hasta que llegamos al barrio. Me encantó. Nerea es genial. Ella podía haber aprovechado el momento para despotricar contra Eugenio, algo que se le da francamente bien, o para —como a ella le gusta decir— abrirme los ojos y hacerme comprender; sin embargo, guardó las balas en la recámara y no disparó ni un solo tiro. ¡Cómo se lo agradecí! Pero, conociéndola, estoy segura de que no siempre podrá contenerse. Entonces, tendré que echarme a temblar.

Es mi mejor amiga y yo quiero ser su mejor amiga.

17

Los días siguientes fueron extraños. En realidad, mi propia vida me parecía una extrañeza. Tenía la sensación de que me venía impuesta desde alguna parte, ajena a mi propia voluntad. ¿Quién había tomado la decisión y me obligaba a caminar por una senda que yo no había elegido? Porque lo que deseaba de verdad, y en esto no había variado ni un ápice mi pensamiento, era caminar con Eugenio, los dos juntos, sentirnos muy cerca el uno del otro, compartir todos nuestros sueños.

Pasaban los días y Eugenio seguía metido dentro de mi cabeza —¡qué digo, cabeza!—, dentro de mi alma. Era así, y no podía evitarlo. No tenía ningún poder sobre mi corazón, sobre mis sentimientos. Cuando me veía decaída, triste, muchos amigos me repetían una frase que he llegado a odiar:

—El tiempo lo cura todo.

¿Cómo pueden pronunciar esa frase adolescentes —¡puaggg, qué palabra!— como yo? Pensaba que era una frase de viejos, pero me he dado cuenta de que es una frase para todos los públicos.

Sin embargo, mi abuelo Esteban no estaba de acuerdo con esa frase. Creo que en estas páginas no va a haber sitio para mi abuelo Esteban. Solo diré que no he conocido a nadie como él. Se murió el año pasado, pero lo recordaré siempre. A lo mejor merece la pena que me haga escritora para contar su vida y, sobre todo, su forma de entenderla. Él me dijo en una ocasión que el tiempo no cura nada, sino todo lo contrario, que el tiempo es la perdición de todas las cosas.

A mí desde luego el tiempo no me estaba curando. Quizá contribuía a ello el hecho de que veía a Eugenio a diario. Íbamos a la misma clase y eso no se podía cambiar. Me dolía enormemente verlo y comprobar que no me hacía ni caso, que se mostraba indiferente y lejano, que me rehuía como si estuviera apestada.

Se me pasó por la cabeza la idea de pedirle al jefe de estudios que me cambiase de grupo, pero iba a resultar engorroso explicarle los motivos, que evidentemente no serían académicos. Además, el cambio me condenaría a ver a Eugenio mucho menos. Pensaba que eso podría ser una tortura. Al menos ahora lo sentía cerca, prácticamente al lado, a dos filas, aunque él se empeñase en convertir las dos filas en dos abismos. A veces, al entrar o salir, habíamos coincidido en la puerta y nuestros cuerpos se habían llegado a rozar; cuando esto sucedía me estremecía de pies a cabeza.

Lo extraño no eran los días, sino la propia vida, porque una vida que no podemos controlar siempre nos resulta extraña. Yo recurría a mi mente, a la lógica de los razonamientos, como me decía Nerea. Pero, en la batalla entre razón y corazón, siempre se imponía el último. Mi corazón no obedece a razones. ¿Hay alguien que pueda mandar en su corazón?

Tampoco podía controlar a Guillermo. Se había convertido en uno de esos moscardones que te persigue a todos los sitios, de esos que espantas y regresan a ti como si tal cosa.

Noela me dijo algo en un recreo que me sorprendió:

—Le gustas.

—¿Qué dices?

—¿No te has dado cuenta? Se nota a la legua.

—Eso es un disparate.

—¿Por qué va a ser un disparate?

—Porque te lo digo yo.

—Pues yo creo que Guillermo está muy bueno, vamos, mucho mejor que Eugenio. Y en el carácter, ni te cuento.

El fallo de Noela fue comparar a Guillermo con Eugenio. Para mí no había comparación posible. Guillermo era más alto y más guapo, ¿y qué? Guillermo tenía un carácter más sociable, ¿y qué? Guillermo era más simpático, ¿y qué?

Quizá por ese motivo cuando Guillermo me llamó por teléfono le dije cosas que seguramente no tendría que haberle dicho.

—Creo que ha llegado el momento de decirte que me dejes en paz.

Pero él ni se inmutó.

—¿Recuerdas el grupo del que te hablé? Caníbales Vegetarianos. No sé si habrás tenido tiempo de oírlos.

—No me interesan.

—Pues el sábado es el día que dan un concierto en un local del barrio. Estuve una vez en ese local. No está mal. He pensado que podríamos ir a verlos.

—¿Te refieres a nosotros?

—Claro.

Creo que si Guillermo hubiese visto la cara que puse no habría insistido. Acababa de decirle que me dejase en paz y me proponía ir a un concierto. Pero ¿estaba bien de la cabeza o es que yo le estaba hablando en otro idioma?

—Podemos ir un poco antes para coger buen sitio —continuó—. No creo que se llene, pero por si las moscas.

Iba a cortar la conversación de una manera tajante cuando pensé en algo que me hizo cambiar de opinión. Guillermo, a pesar de la actitud que estaba mostrando hacia mí —según Noela, porque le gustaba—, era el mejor amigo, no sé si el único, de Eugenio. Me parecía raro que alguien se interesase por la novia de un amigo cuando este la deja, aunque pensándolo bien no era tan raro, pues ya conocía algunos casos, y no todos habían acabado de forma pacífica. Me tenían sin cuidado los sentimientos que tuviese Guillermo hacia mí —yo hacia él no tenía ninguno—, pero de repente vi una forma de saber algo más de Eugenio y, en definitiva, de sentirme más cerca de él.

—¿Cuándo has dicho que es ese concierto?

—El sábado. Entonces, ¿te animas?

—Bueno.

Sé que mi actitud es criticable, y esto sería una forma suave de decirlo. Lo supe desde el primer momento. Solo quería aprovecharme de Guillermo para saber cosas de Eugenio. De haberse enterado, no quiero ni imaginar lo que me hubiese dicho Nerea. En mi postura se juntaban dos comportamientos detestables: el primero, utilizar a Guillermo, en el sentido estricto de la palabra; el segundo, hurgar en la herida que tenía abierta, impedir que se cerrase negándome a apartar definitivamente a Eugenio de mi pensamiento.

Hasta el sábado, Guillermo me estuvo bombardeando con canciones de Caníbales Vegetarianos. Era un grupo insulso que sonaba de pena, con unas canciones que parecían refritos de refritos.

—Es que los vídeos que hay en YouTube son malos —trataba de justificarlo Guillermo—. Están grabados en condiciones pésimas, sin un equipo de sonido, sin una buena iluminación... Pero en directo vas a flipar. Su música se apoderará de ti.

El sábado fuimos al concierto que Caníbales Vegetarianos daba en el barrio. No conocía el local, es decir, sí que lo conocía, pero no como sala de conciertos. Cuando yo era pequeña allí había un bingo y después un restaurante de bodas y grandes celebraciones. Antes, según me había contado mi madre, hubo una iglesia evangélica o algo por el estilo y un cine de barrio, de programa doble y sesión continua. No sabía que se había convertido en sala de conciertos, aunque la realidad era que el local estaba cerrado y solo se abría de vez en cuando para algún evento.

Fuimos con mucho tiempo de antelación para evitar aglomeraciones y nuestra sorpresa —la de Guillermo, más bien— fue descubrir que no había nadie. Estaba claro que el concierto tendría lugar allí, pues un cartel lo anunciaba en la puerta, pero no había ni rastro de colas ni multitudes.

—A lo mejor nos hemos adelantado mucho.

—Sí.

—Vamos a dar una vuelta.

Y dimos un paseo por los alrededores, sin alejarnos demasiado, ya que Guillermo temía que en cualquier momento pudiese producirse la avalancha de gente. Hablábamos de cosas intrascendentes y yo no veía la manera de sacar el tema de conversación que más me interesaba.

—Eugenio... —me atreví a decir al fin—. Eugenio nunca vendría a un concierto como este.

—¿Por qué dices eso? —Guillermo pareció sorprenderse.

—Pues no lo sé, pero creo que si alguna vez se lo hubiese propuesto, lo habría rechazado.

—Es que a Eugenio hay que saber cómo decirle las cosas.

No le repliqué, pero me indignaron sus palabras. Era como reprocharme que yo no había sabido tratarle.

—Es muy suyo, ya lo he repetido algunas veces —añadió.

—Todos somos muy nuestros.

—Le gusta sentir que toma decisiones, que elige, que controla, que domina —continuó hablando, aunque esta vez yo no le había incitado—. Pero no es un líder. Se siente incómodo dentro del grupo. Solo actúa así con algunas personas.

—Nerea dice que es un machista. ¿Tú lo crees?

—¿Qué quieres que te diga? —Se encogió de hombros.

—Tu opinión.

—¿Recuerdas la charla que nos dio aquella psicóloga a comienzos de curso sobre actitudes y comportamientos machistas?

—Sí.

—Pues respóndete tú misma.

—Eso quiere decir que tú también lo crees.

—¿Y tú no?

—Yo pregunté antes.

—No he afirmado que lo sea —reaccionó Guillermo, que pareció molestarse un poco.

Sin abandonar el tema de Eugenio decidí dar un pequeño giro a la conversación. No estaba dispuesta a ceder en el punto al que habíamos llegado, sobre todo, teniendo en cuenta que Guillermo se mostraba muy locuaz.

—Tú conoces a su familia.

—Su familia es... —dudó un instante— aparentemente normal, como la tuya o la mía.

—Has estado en su casa...

—Sí, varias veces.

Para ser la primera vez no estuvo mal. Tenía la sensación de que a partir de entonces me resultaría más fácil sacar el tema de Eugenio como conversación. No noté ningún disgusto en Guillermo; al contrario, a él también parecía gustarle hablar del amigo, aunque a veces mostrase cierta incomodidad.

Íbamos a tomarnos un refresco, pero nos dimos cuenta de que teníamos el dinero justo para pagar la entrada del local.

—Si tienes sed, un poco más abajo hay una fuente —dijo Guillermo—. Allí podemos echar un trago.

Desde luego, si Guillermo lo que quería era ligar conmigo, el lado romántico lo tenía muy poco desarrollado. ¡Echar un trago en una fuente! Eso a Eugenio nunca se le hubiese ocurrido.

Cuando volvimos al local ya vimos a algunas personas junto a la puerta. Bueno, al menos no estaríamos solos. Era gente muy joven, de nuestra edad, poco más o menos. Algunas caras me resultaban conocidas del instituto. Como aún no habían abierto la taquilla hicimos una fila. Me hizo gracia ver a dos mujeres de mediana edad que claramente estaban allí acompañando a sus hijas, demasiado pequeñas para dejarlas solas.

¡Y entonces sucedió! Bueno, no sé si sucedió o yo me lo imaginé. Miraba de un lado para otro y escuchaba sin interés a Guillermo, que había empezado a contarme algo que no me interesaba lo más mínimo. Iba llegando gente, aunque con cuentagotas. Y, de pronto, en la acera opuesta, semioculto en una esquina, vi a Eugenio. Fue muy fugaz. Tuve la sensación de que nos estaba observando, tal vez vigilando. ¿Era real? Me pasé las manos por los ojos, tratando de aclarar aquella visión. Cuando volví a mirar había desaparecido.

Durante el resto del tiempo que permanecimos en la fila, no aparté mi vista de aquella esquina, esperando que volviera a aparecer. Guillermo se dio cuenta.

—¿Qué miras?

—Nada.

¿Fue real o fue una ensoñación? Y, si fue real, ¿cuál era el motivo que había llevado a Eugenio hasta allí?

Del concierto de Caníbales Vegetarianos prefiero no hablar. Creo que en directo sonaban infinitamente peor. Talento musical, cero. Pero es que tampoco tenían gracia, simpatía, ganas de agradar... Ni siquiera una chispa de *sex appeal*.

18

Lo que sucedió los siguientes días me confirmó que Eugenio nos estaba vigilando. Eso o que yo me estaba volviendo loca y veía visiones. La segunda posibilidad llegó a preocuparme y no descarté que pudiera ocurrirme. No sería el primer caso de la historia. Pero como las apariciones esporádicas de Eugenio se iban repitiendo tuve que aceptar que nos estaba vigilando. Y entonces me surgía una gran incógnita: ¿por qué motivo? En el instituto teníamos que vernos a la fuerza; sin embargo, allí no me hacía ni caso y era un hecho que me evitaba. No podía entenderlo.

Me halagaba pensar que se sentía celoso y que una parte de él se negaba a dejarme marchar. Por eso trataba de seguirme sin que yo me diese cuenta, por eso me vigilaba, o nos vigilaba, porque siempre que lo veía iba acompañada de Guillermo. El razonamiento, claro, no tenía ni pies ni cabeza. Él había sido el causante de todo, él había tomado la decisión de terminar, él se mantenía en sus trece, él me rehuía a todas horas y se negaba a hablar conmigo y, si lo hacía, me respondía con desagrado. ¿Entonces? Pensé en un detalle que quizá pudiese molestarle: que fuese Guillermo, su amigo Guillermo, el que se me pegase como una lapa.

Para tratar de entenderlo, me imaginaba una situación similar, pero al revés. Me explico: yo rompía con un chico y entonces mi mejor amiga, en este caso Nerea, comenzaba a salir con él. Se supone que a mí ya no me interesaría ese chico, pero reconozco que el hecho de que fuese mi mejor amiga quien recogiese el testigo —¿cómo decirlo?—, me jodería un poco. ¿O no? No lo sé. Quizá fuera eso. ¡Qué lío! O quizá me estaba comiendo demasiado el tarro. ¡Eso seguro!

Como ya he contado, la primera vez fue a la entrada del concierto de Caníbales Vegetarianos, frente al local donde actuaban, al otro lado de la calle. Fue tan fugaz que llegué a pensar que había sido una alucinación, pero ahora no me cabía duda de que había sido real.

Eugenio aparecía solo cuando quedaba con Guillermo fuera de clase. Tengo que reconocer que lo hacíamos con frecuencia; no es que me apeteciese salir con él, pues mi corazón seguía perteneciendo por completo a Eugenio y estaba convencida de que siempre sería así, pero es el chico más perseverante que he conocido en mi vida y, como además es simpático y gracioso, al final siempre lo conseguía. Además, y esto seguro que es malsano, dañino y nada recomendable, me hacía sentirme algo más cerca de mi amor verdadero, pues al fin y al cabo él era su mejor amigo.

—¿Vamos al cine?

—No me apetece.

—¿Vamos a una fiesta que da un amigo en...?

—No me apetece.

—¿Vamos a una tienda de informática que acaban de abrir para ver el último modelo de...?

—No me apetece.

Y, como me negaba a todas sus propuestas, finalmente acababa aceptando la más sencilla, que era la única que me apetecía:

—¿Vamos a dar un paseo?

—Bueno.

—¿Por dónde?

—Me da igual.

Y casi siempre acabábamos paseando por el mismo sitio. Empezábamos por una calle muy ancha y muy recta que cruza todo nuestro barrio y terminábamos en el parque, un parque que los dos nos sabíamos de memoria, pues habíamos jugado en él desde que éramos bebés. Y era allí, en el parque del barrio, donde más veía, o creía ver, a Eugenio. Estoy segura de que Guillermo también lo veía, pero disimulaba y, si yo le decía algo, me aseguraba que eran figuraciones mías.

Eugenio nunca se acercaba, lo que confirmaba mi idea de que nos estaba vigilando. Se mantenía oculto entre los troncos de los árboles o tras los setos. Era difícil localizarlo. Yo creo que conseguía descubrirlo porque estaba obsesionada con su presencia y, con disimulo, no dejaba de escrutar en todas direcciones. Él me vigilaba a mí y en cierto modo yo le vigilaba a él. Eso sí, dejé de pensar en los motivos que le movían a hacerlo, pues seguía sin encontrar explicación alguna y acababa agotada de no comprender nada.

Sutilmente, para que no se diese cuenta, trataba de hablar de Eugenio, o mejor dicho, trataba de que Guillermo me hablase de él. Yo creo que no era obsesión, sino ganas de saber más, de conocerlo mejor, de descubrir señales ocultas de su personalidad. Recordaba lo que habíamos hablado la vez anterior y trataba de recobrar el hilo.

—Deseos de controlar, de tomar decisiones, de elegir... Le gusta sentirse importante, comportamiento machista...

Guillermo me miraba resignado y sonreía.

—¿Hablas de alguien en especial?

—Solo estoy pensando en alguien.

—¿Lo conozco?

—De sobra.

—Tú lo conoces mejor.

—No creas.

—Lo has descrito bien.

—Dando por hecho que sea válida esa descripción, te recuerdo que fuiste tú quien la hizo en primer lugar.

—No voy a negarlo.

—La cuestión es que no consigo entender el porqué, y mira que le doy vueltas.

—¿Te refieres a por qué es de esa manera?

—Sí, claro.

—Yo tampoco lo sé. —Guillermo se encogía de hombros—. Quizá tenga unas ideas un poco antiguas y un poco cafres, como su padre.

—¿Qué quieres decir? —Las últimas palabras de Guillermo habían introducido un nuevo elemento que podía ser muy clarificador.

—No sé lo que quiero decir. —Negaba con la cabeza, como si fuera consciente de que se estaba metiendo en un terreno que no le apetecía pisar.

—¿Qué tiene que ver su padre? —Yo me había convertido en una taladradora.

—Creo que estoy hablando más de la cuenta.

—No importa.

—Mira, las veces que he estado en su casa, con él, con su familia... —Guillermo continuó hablando de manera un poco embarullada—. No sé cómo explicarlo, es algo que flota en el ambiente, se percibe o, al menos, yo lo percibía, sobre todo cuando su padre estaba presente.

—Su padre... —repetí estas palabras solo con la intención de que Guillermo continuase.

—Su padre da un poco de miedo.

—No te entiendo.

—Pues eso, que da mal rollo, miedo, aunque se esfuerce en ser amable y simpático, aunque sonría todo el rato. Te parecerá raro, pero es así. Él sí que está por encima de todos y de todo, y además no pretende disimularlo. Sus palabras son incontestables, nadie se atreve a replicarle. Mal rollo, sí; y hasta miedo. Es algo que entiendes en cuanto traspasas el umbral de la casa. Y eso que yo solo he ido de visita y en contadas ocasiones.

—¿Y no lo has comentado nunca con Eugenio?

—Él no quiere hablar de esas cosas. Si le he hecho algún comentario se ha encogido de hombros y ha permanecido en silencio.

—¿Y su madre?

—Como si no existiera.

—¿Qué quieres decir?

—Lo que he dicho: como si no existiera. Cada vez que dice algo busca con la mirada la aprobación de su marido, que siempre la trata con indiferencia, con soberbia, con desprecio. El tío no se corta ni un pelo y la humilla a la primera de cambio. —Guillermo me miró fijamente y se aclaró la voz, como si fuera a decirme algo importante—. Solo en una ocasión, Eugenio me dijo que su madre era para su padre el felpudo donde se limpiaba los zapatos. Lo dijo con la misma indiferencia que su padre.

—¿Quieres decir que Eugenio es como su padre?

—Yo no he sacado conclusiones. Solo puedo decirte que Eugenio admira y teme a su padre, las dos cosas por igual.

A Guillermo le desagradaba el rumbo de la conversación, que yo estaba forzando y avivando, como de costumbre, pero no estaba dispuesta a parar, sobre todo cuando estábamos llegando a revelaciones sorprendentes que estaban acelerando los latidos de mi corazón.

—Sigue.

—No.

—¡Sigue! —dije como si se tratase de una orden.

—Lo demás que podría decirte serían opiniones.

—Me interesan tus opiniones.

Se quedó mirándome fijamente a los ojos. Creí descubrir en ellos un pozo de agua cristalina que me permitía vislumbrar un secreto, pero no me interesaban sus secretos en ese momento.

—Espero que, cuando llegue el momento, me dejes explicarte algo, que me escuches y que, sobre todo, intentes comprenderme —me dijo.

Creo que no escuché estas palabras de Guillermo, que se salían del guión principal. Mi interés se encontraba en otra parte, por lo que le apremié a continuar. Él negó con la cabeza, como diciéndose a sí mismo que estaría mejor callado, pero continuó:

—Eugenio piensa que en el mundo hay solo dos tipos de personas: las que mandan y las que obedecen, las que toman decisiones y las que las acatan, las que eligen y las que son elegidas, las importantes y las que no valen una mierda...

—¿Y por qué piensa así?

—¡Yo qué sé!

—¿Lo ha aprendido de su padre?

—Ya te he dicho que siente por él tanta admiración como miedo. ¿Miedo? No, mejor dicho, le tiene pánico. Creo que piensa que, si no actúa como él, poco a poco se irá convirtiendo en otra mierda, como su madre.

—Eso no es lo que a mí me han enseñado.

La frase que pronuncié era de una ingenuidad absoluta, pero es que una sensación muy extraña se iba apoderando de mí y no me permitía ordenar el revoltijo que se había producido dentro de mi cabeza.

—¿Y la sociedad en la que vivimos se parece a lo que te han enseñado? —Guillermo se encogió de hombros y adoptó un cierto aire de chico sabelotodo—. A veces, sencillamente pienso que Eugenio es más realista que los demás. Y, mira, es posible que eso sí se lo haya aconsejado su padre.

—No digas burradas. —Me negaba a aceptarlo—. No puede ser así.

—A veces me has preguntado si es machista —continuó, aunque su tono se empeñaba en introducir tintes de cinismo—. ¡Pues claro que lo es! Solo tiene que mirar a su alrededor y tomar ejemplo, y no me estoy refiriendo a su casa. La sociedad está llena de machismo, la mires por donde la mires. ¡Hasta muchas mujeres lo sois!

—Pero nosotros tenemos que cambiar las cosas. —Parece ser que la ingenuidad era lo único que yo conservaba intacto en esos momentos.

De pronto, Guillermo se sentó en el suelo, en una pradera en pendiente salpicada de árboles. Estaba claro que me estaba invitando a imitarlo. Lo hice y me senté a su lado. Fue en ese momento cuando le noté muy incómodo por la conversación que estábamos manteniendo, a disgusto, como enfadado consigo mismo por haber hablado de algo que no quería. Recordé que Noela me había asegurado que yo le gustaba y que por ese motivo andaba detrás de mí. Si había algo de cierto en eso, era evidente que la situación tenía que resultarle molesta. Tratar de ligar con una chica que siempre te habla de otro y que trata incluso de que tú le descubras aspectos del otro que desconoce... Uf, lo reconozco, ¡eso sí que es un mal rollo!

Yo esperaba que cambiase de tema con brusquedad y que comenzase a hablarme de cualquier otra cosa, como dándome a entender que Eugenio tenía que desaparecer de nuestros horizontes; sin embargo, me sorprendió con una frase que añadió y en la que no he dejado de pensar desde entonces:

—Para sentirse bien necesita dominar a otros. —Me lo estaba diciendo a mí, pero daba la sensación de que hablaba para sí mismo—. Es así, te lo aseguro. Y eso no es solo machismo.

Se dejó caer de espaldas sobre la hierba, como dando a entender que no iba a decir ni una palabra más sobre Eugenio. Hacía frío y el día anterior había llovido por la tarde. Yo había comenzado a notar la humedad en mi trasero. Tumbarse era una temeridad, era como comprar todas las papeletas del sorteo del resfriado, pero me eché hacia atrás y muy despacio apoyé mi espalda contra la hierba. La ropa amortiguó el frío y pensaba que en cuanto la humedad comenzase a traspasarla me levantaría.

—Es un problema querer ir contigo a alguna parte —me dijo entonces.

—Imagino que sé por qué lo dices —reconocí.

—No hago más que pensar en cosas que puedan apetecerte, pero no hay manera de acertar. Pienso que el problema es que soy yo el que no te apetece.

Me sonaron fuertes sus palabras, sinceras, y nada podía hacer para suavizarlas un poco. Ya se lo había advertido desde el primer momento y había tenido ocasión de recordárselo en varias ocasiones: seguía enamorada de Eugenio. Seguía enamorada de ese ser al que le gustaba controlar, decidir, elegir, dominar...; ese ser que admiraba y temía a su padre por partes iguales, y que pretendía ser como él, o que ya lo era. Enamorada, sí. Y pensaba que precisamente el amor podría ser el motor del cambio. El amor y yo podríamos hacerle cambiar, podríamos desterrar al ser maléfico que habitaba en su interior y al que ya había empezado a poner rostro. Habían pasado algunos días desde la ruptura y no había conseguido sacarlo ni un instante de mi pensamiento, de mi vida. Me negaba a hacerlo. Con él, jamás hubiese respondido «no me apetece» a cualquiera de sus propuestas.

Entonces me quedé pensando en esa frase.

«No me apetece».

Me di cuenta de que era la frase que precisamente tenía que haberle dicho en muchas ocasiones a Eugenio, pero nunca lo hice. Mis deseos, mi interés, mi personalidad... ¿dónde habían quedado? ¿Acaso no se podía responder con esas palabras al ser amado? Y, si lo hubiese hecho, ¿qué habría ocurrido?

Guillermo me miraba, como esperando una aclaración.

—Eres un chico estupendo —fue lo único que se me ocurrió decirle.

—Odio que me llamen «chico estupendo», estoy harto —me replicó—. Además, te aseguro que no lo soy.

—Pero eso es lo que piensan todos de ti. No tiene nada de malo.

—Yo también tengo una parte oscura.

—Quieres darme miedo —reí.

—Tú misma la descubrirás, y creo que no tardarás mucho tiempo en hacerlo.

Comencé a sentir las primeras señales de humedad en mi espalda. Me incorporé y, de un salto, me puse de pie. Tendí mi mano a Guillermo para que hiciese lo mismo.

—Levanta de ahí o de lo contrario tendré que llamar a los del SAMUR para que te devuelvan a la vida.

Me agarró la mano que le tendía con las suyas y yo tiré de él con todas mis fuerzas, que debían de ser muchas, pues conseguí levantarlo de un solo impulso. Al recobrar la vertical se tambaleó un poco y me dio miedo que pudiera perder el equilibrio. Lo sujeté por la cintura y él se agarró a mis hombros. Estábamos muy cerca el uno del otro, casi abrazados, fortuitamente abrazados. Nos miramos. No sé lo que él sentiría, pero yo noté un extraño nerviosismo y un gran azoramiento.

Me separé de inmediato de él. No quería sentirlo próximo ni observar la reacción de su rostro. Me di la vuelta y respiré hondo. A lo lejos había un quiosco de bebidas que estaba cerrado, pues solo abría durante los meses de verano. Junto al quiosco estaban las sillas apiladas, atadas con una cadena y, detrás de las sillas me pareció ver...

Me quedé con la boca abierta. Escondido tras las sillas estaba Eugenio. No estoy segura al cien por cien, pero ¿quién podía ser si no? Trataba de ocultarse, pero ya había tenido tiempo de ver su figura, su aspecto, sus movimientos. Hasta la ropa que llevaba coincidía con la que había llevado a clase por la mañana. Fue una nueva visión fugaz, muy fugaz, pero estoy segura de que no fue una ensoñación.

—¿Qué te ocurre? —me preguntó Guillermo, al notar mi turbación.

—Nada —le respondí tajante—. Vámonos ya. Tengo frío.

Pasamos junto al quiosco, rodeando las sillas apiladas, pero ya no había rastro de Eugenio. Pensé entonces que Guillermo tal vez podría achacar mi turbación a otra cosa. Era lógico. Nuestros cuerpos, aunque de manera fortuita, habían estado muy cerca, nos habíamos agarrado incluso; ¿por qué no pensar que la turbación se debía a eso?

Fuera del parque se me ocurrió hacerle una pregunta que ya le había hecho en alguna otra ocasión y que siempre me había respondido con evasivas:

—¿Tú crees que Eugenio podría estar vigilándonos?

—Es posible —me respondió.

Creo que su respuesta me turbó más todavía. Era la primera vez que admitía esa posibilidad.

—Sigo enamorada de él.

—Ya lo sé.

Me pareció acertado dejar una vez más las cosas muy claras entre nosotros.

19

La certeza de que Eugenio me vigilaba chocaba de pleno contra la realidad de que cada día se mostraba más alejado de mí. ¿Alguien podría entenderlo? Como yo era incapaz de hacerlo, empecé a pensar que se trataba de un juego. No soy muy aficionada a ese tipo de juegos, pero sabía que existen algunos que obligan a los participantes a superar determinadas pruebas y a llevar a cabo ciertos comportamientos. ¿Estaría Eugenio jugando? O sería mejor decir: ¿estaría Eugenio jugando conmigo?

Por supuesto, pensaba en otras posibilidades. Podía haberse vuelto loco; quizá padeciese algún tipo de obsesión o manía. Reconozco que leí algo sobre el tema. Busqué algunas palabras en el diccionario tratando de encontrar una pista.

Psicópata: *desequilibrado, lunático, demente, trastornado, perturbado, neurótico.*

Neurótico: *obseso, preocupado, psicópata.* Al final, los psicópatas y los neuróticos se daban la mano.

Cuando pensaba en la posible locura de Eugenio, acababa pensando en la posible locura de Marina, es decir, la mía. También pensaba en esa posibilidad. ¿Y si nos hubiésemos vuelto locos los dos al mismo tiempo?

Se lo comenté a Nerea.

—Eso solo sería un argumento bueno para escribir un libro malo —me dijo.

—¿Solo eso?

—Tal vez se hiciese una película horrenda, de esas que ponen en la sobremesa durante los fines de semana en cualquier canal de televisión.

—De libros malos se han hecho muy buenas películas. La frase me la dijiste tú.

—Es verdad, y también al contrario —y enseguida Nerea volvió al meollo de la conversación—. Ni él está loco ni lo estás tú. Lo suyo tiene nombre.

—No hace falta que me lo repitas otra vez.

—¿Y por qué te empeñas en no reconocerlo?

—¿Y tú?, ¿por qué no haces un esfuerzo para comprender que yo puedo estar enamorada de él?

—Vale, reconozco que estás enamorada de él. —Nerea cambió de tono—. No lo comprendo, pero lo reconozco. Pero, mira tú por dónde, resulta que vuestra relación ya se ha roto, ha terminado.

—Cosa de la que tú te alegras.

—No entremos en detalles.

—Vamos, al menos reconoce que te alegras.

—Bueno, sí, lo reconozco. Pero que conste que me alegro por ti, aunque no lo entiendas.

El talante de Nerea, su humor, su manera de hablarme, habían cambiado desde el momento en que Eugenio y yo habíamos dejado de ser novios. No podía evitarlo, pero al mencionar el tema irradiaba felicidad por los ojos.

Ella también se había dado cuenta de que Guillermo iba detrás de mí. Por supuesto, él le parecía un buen tipo, pero me dijo algo que me inquietó un poco.

—El problema es que Guillermo también esté controlado por Eugenio.

—No te entiendo.

—Tal vez Eugenio sea un tipo mucho más dominante y retorcido de lo que imaginábamos y Guillermo solo sea un títere entre sus manos.

—Pues ahora lo entiendo menos.

—Sí, yo tampoco lo entiendo bien. Nos faltan datos.

—Creo que tu afición al cine te hace ver cosas donde no las hay.

—Te equivocas; el cine me hace ver cosas donde yo no las había visto.

Al hablar de cine recordé la cantidad de veces que Guillermo me había propuesto ir a ver una película, a lo que yo siempre le había respondido con las mismas palabras: «no me apetece».

—Creo que un día de estos tendré que ir al cine con Guillermo —le comenté a Nerea—. Ha insistido montones de veces y ya se me han acabado las excusas.

—¿Alguna película en especial?

—Le da igual. Me deja elegir a mí.

—Pues os recomendaré una.

—Que no sea triste.

—Querrás decir que sea buena.

—Las dos cosas.

Como, tras varios intentos, había desistido de hablar en persona con él, decidí utilizar uno de los medios que más habíamos usado para comunicarnos, el wasap. Nos había mantenido cerca durante las vacaciones de verano —él en su pueblo y yo en la playa— y nos había unido durante muchas noches —él en su casa y yo en la mía, él en su cama y yo en la mía—; nos había permitido recordar el sabor de nuestros besos y sentir los pálpitos de nuestros corazones.

Elegí la hora. Por supuesto, por la noche, después de cenar, que era el momento en que solíamos hablar. Y pensé minuciosamente lo que le iba a decir. No quise escribirlo directamente en el móvil por si lo enviaba sin querer, en un descuido, y lo escribí antes en una hoja de papel. No sé la cantidad de veces que lo rehíce. La idea estaba clara; solo deseaba hablar con él porque no entendía ese alejamiento tan radical, pero el problema era cómo decírselo, cuidar todos los matices, evitar molestarlo. Con los mensajes del móvil siempre había que tener cuidado, pues el receptor con facilidad podía entender lo contrario de lo que habíamos querido decir. Tampoco era conveniente escribir un texto muy largo. La brevedad era casi religión para el wasap. Pero ¿cómo expresar tantas cosas en tan poco espacio? Pensé que aún sería peor si estuviera utilizando el Twiter.

Le envié el texto a las 22:46. Así quedó reflejado.

Vi que lo leyó casi instantáneamente. Respiré con alivio y permanecí a la espera.

A las once en punto pensé que había tenido catorce minutos para responderme y no lo había hecho. Pensé que tal vez estuviese meditando su respuesta, como había hecho yo.

Las once y cuarto. Las once y media. Las doce menos cuarto. Las doce. Una hora y catorce minutos era demasiado tiempo. Comprendí que no iba a responderme.

Y no lo hizo.

Fue una noche horrible, y no por alguna pesadilla. Fue una noche horrible porque apenas pude dormir. Noche de insomnio, de sábanas revueltas, de sudores, de palpitaciones en las sienes, de temores incontrolados... Creo que fue entonces cuando la realidad, el mundo, se me desplomó encima. Quizá lo había hecho antes, pero los efectos, los verdaderos efectos, los sentí esa noche. Por primera vez pensé que tendría que asumir vivir sin Eugenio.

¿Eugenio fuera de mi vida? No podía ser cierto. No podría abrir los ojos cada mañana y percibir su ausencia. No la ausencia irremediable de la muerte, sino la que nosotros provocamos con nuestras decisiones. No podía asumir que hubiese dejado de quererme. Era tan fuerte mi amor que me parecía imposible que no encontrase correspondencia.

Mi vida sin él tendría que ser distinta a la fuerza, pero mi gran duda en esos momentos era saber si mi vida sin él tendría alguna posibilidad.

Intenté que el agua tibia de la ducha borrase las huellas de aquella noche interminable y angustiosa. Me pinté un poco los ojos para disimular las ojeras. ¡Qué horror! También algo de carmín para devolver el color a mis labios, que parecían los de un fantasma. ¡Qué horror! Necesitaría una máscara —la máscara de Marina— para volver a ser yo misma.

Entré en la cocina con la cabeza baja, segura de que mis padres se iban a dar cuenta de mi cara de zombi. Me miraron a la vez y pude ver con claridad su gesto de sorpresa; sin embargo, no hicieron alusión a mi aspecto y, por el contrario, repitieron la cantinela de todos los días.

—Ya tienes la leche caliente.

—Y las tostadas.

—La mermelada está en la nevera.

Ellos eran conscientes de que se estaban enfrentando al primer desengaño amoroso de su hija adolescente —¡puaggg!—. No puedo evitar una náusea cada vez que escribo esa palabra.

Pero ¿lo que me había ocurrido a mí podía llamarse primer desengaño amoroso? Esa terminología no me gustaba porque banalizaba las cosas, las simplificaba, les quitaba importancia. Lo que me había ocurrido a mí no era un simple desengaño amoroso, era mucho más, era un resquebrajamiento, una herida profunda que me resultaría imposible suturar, aunque pasase el tiempo. Porque, como decía mi abuelo Esteban, el tiempo no cura nada, sino todo lo contrario es la perdición de todas las cosas. Si mi abuelo tenía razón, significaba que yo estaba condenada de por vida.

Bajamos los tres juntos en el ascensor y no dejaron de proponerme cosas: que si podemos hacer esto, o lo otro, o ir a no sé dónde, o una excursión a yo qué sé... Creo que lo que pretendían era devolverme mi aspecto, que su hija Marina volviese a ser su hija Marina. Ahora que lo pienso, tiene que ser difícil ser padre, y de una hija adolescente —¡puaggg!— no digamos. Si algún día tengo hijos, lo haré con la condición de que se salten la adolescencia. Pero creo que no los tendré nunca. Solo podría tener hijos con la persona a la que amase profundamente y resulta que esa persona... ¡Creo que estoy desvariando! ¿Habré perdido el juicio?

Me despedí de mis padres en el portal y eché a andar hacia el instituto. Esa era otra. Estaba obligada a ir todos los días al instituto, a encontrarme con él, a tenerlo en mi misma clase. Siempre he oído hablar de la crueldad de las torturas chinas, pero lo mío sí que era una auténtica tortura china. O peor.

20

Durante tres noches seguidas tuve el mismo sueño. O tal vez no fuese un sueño, porque yo tenía la sensación de que me pasaba las noches en vela. De ser así, se trataría más bien de una visión, de unas imágenes que me asaltaban una y otra vez. En realidad solo era una imagen, pero no una fotografía, ni la pintura de un decorado. Era un instante detenido, como si hubiese sido ensayado con detalle. Estaba claro que los personajes, aunque pareciesen estatuas, podían recuperar el movimiento cuando quisieran.

Durante tres noches seguidas tuve el mismo sueño o la misma visión.

El escenario vuelve a ser un espacio negro, cuadrado, con las paredes lisas sin vanos. La luz es uniforme y tenue, grisácea, no procede de ninguna parte visible, lo que contribuye a crear un ambiente cerrado, de aislamiento, de opresión, de agobio. Pero en esta ocasión el lugar se ofrece como un auténtico escenario y se contempla a cierta distancia. Hay una palabra escrita en la parte superior del mismo, una palabra que está flotando en el aire. Tal vez está siendo proyectada. El patio de butacas está vacío. El teatro está vacío.

En uno de los extremos, junto a uno de los ángulos del cubo, en la parte anterior, se encuentra el Fauno. De pie. Enorme. Imponente. Nunca había dado la impresión de ser tan grande, tan fuerte, tan poderoso. Permanece completamente inmóvil, hasta el punto de que, de no fijarse bien, podría parecer una estatua.

Y en el centro está la Ninfa, en el suelo, echa un ovillo, retorcida sobre sí misma. Solo puede vérsele parte de la cara, lo suficiente para poder interpretar su gesto angustioso, que parece pintado con la paleta de los espantos: estremecimiento, conmoción, desgarro, terror... Ella tampoco se mueve.

Sobre sus cabezas se mantienen firmes las letras de la palabra que está flotando en el aire: ENTREACTO.

Quizá por ese motivo el patio de butacas esté vacío, el teatro esté vacío. El silencio es absoluto y ni siquiera llega un murmullo desde el vestíbulo.

21

Pensaba a todas horas en la palabra *entreacto*, hasta el punto de que se convirtió en una verdadera obsesión. No podía apartar de mi mente al Fauno erguido ni a la Ninfa retorcida en el suelo, pero aquella palabra se superponía a todo lo demás. El entreacto es el descanso entre las dos partes de una misma función. Si aquel sueño tenía algún sentido, significaba que ahora tendría que vivir la continuación; pero ¿de qué? ¿Habría una segunda parte con Eugenio? Aunque la hubiese no era garantía de nada, pues una segunda parte no lleva necesariamente a un final feliz.

Tenía la sensación de que el entreacto se prolongaba indefinidamente y la segunda parte no llegaba nunca. Para mi desesperación, las cosas permanecían inalterables y los días pasaban con una monotonía que me sacaba de quicio. Eugenio no se acercaba a mí y, si se daba cuenta de que se encontraba a menos de veinte metros, rápidamente se alejaba —salvo dentro del aula, porque no le quedaba más remedio—, no me miraba nunca y actuaba en todo momento como si yo realmente no existiese. Tampoco respondió a ninguno de mis wasap —sí, le envié varios— ni a dos llamadas telefónicas —sí, dos veces marqué su número—. Y, como si no quisiera creerme la respuesta que todos daban por sentada, me repetía una y otra vez la misma pregunta: ¿Eugenio fuera de mi vida?

Y, mientras, el maldito entreacto se prolongaba, con la figura del Fauno erguida sobre sus patas de macho cabrío; con la figura de la Ninfa tirada en el suelo, contorsionada, rota.

Y, mientras, no sabía cómo calificar el comportamiento de Guillermo. En ningún momento me sentí agobiada, a pesar de que a veces era muy insistente. Del mismo modo que sentía que Eugenio se alejaba de mí, veía que Guillermo se acercaba y, antes de darme cuenta, ya lo tenía encima.

Seré sincera y reconoceré que mi actitud hacia él fue cambiando poco a poco. Dejó de ser ese pesado al que al final acababa acompañando para que no me diera más la lata y se convirtió en una compañía necesaria, que yo misma echaba de menos cuando no tenía cerca.

Curiosamente Guillermo nunca fue mi paño de lágrimas. Nunca le expresé a él mi dolor, mis sentimientos profundos, mi desgarro. A pesar de todo era un bálsamo para mis heridas: su risa, sus bromas, sus peroratas, su presencia se hicieron imprescindibles para mí.

Estoy pensando ahora que no tenía ningún paño de lágrimas, pues tampoco lo fue Nerea. Con ella no me atrevía. Si le contaba alguna debilidad hacia Eugenio saltaba como una tigresa directamente a mi yugular. Tampoco hablé mucho con mi madre —aunque ella lo intentó—. El resultado es que me tenía que tragar ese torrente de lágrimas, que alguna vez estuvo a punto de ahogarme sin remedio.

Las primeras veces acompañé a Guillermo por mera insistencia suya, sin ninguna gana; después, confieso que tenía la sensación de dejarme llevar, pero en el fondo me agradaba hacerlo. Es verdad que yo no mostraba nunca iniciativas y que él no cesaba de reprocharme mi indiferencia. Y, por último,

Guillermo —no sé cómo— se había convertido en ese alivio al que antes me he referido. No lo buscaba, aunque en el fondo siempre estaba esperándolo; trataba de que no descubriese la alegría que me producía oír su voz, observar su sonrisa, escuchar sus chistes.

No hacía falta que Noela, o los demás, me dijesen que Guillermo estaba por mí. Aunque tenía claro que mi pensamiento seguía estando en otro sitio, yo también me había dado cuenta. Estaba por mí, le gustaba. ¿Y qué podía hacer yo?

Fuimos al cine juntos e hicimos caso a la recomendación de Nerea. La película era muy buena, pero muy triste, con uno de esos finales que te estrujan el corazón como si fuera una esponja.

—¿Qué os pareció la película? —nos preguntó al día siguiente.

—Muy buena, pero...

—Es buenísima —no me dejó terminar la frase—. Eso es lo único que cuenta.

En el cine ocurrió algo. Guillermo y yo compartíamos un cubo de palomitas, y eso hacía que nuestros hombros —el derecho mío y el izquierdo suyo— estuvieran muy juntos. Creo que nunca habíamos mantenido un roce durante tanto tiempo. Cuando se terminaron, dejó el cubo en el suelo y, sin darme tiempo a reaccionar, me agarró la mano. Me pilló por sorpresa y quizá por eso no reaccioné. Al principio sentía una gran tensión, pues pensé que no se iba a detener ahí. Tal vez se acercase más e intentase besarme, o meterme mano. ¿Cómo iba a reaccionar en ese caso?

Guillermo se limitó a tener mi mano apretada durante toda la película, y a mí, claro, se me pasó la preocupación al darme cuenta de que la cosa no iba a pasar de ahí.

Hubo un momento en que pensé que tal vez Eugenio se encontrase dentro de la sala, vigilándonos, como de costumbre. Eso me crispó un poco e incluso volví la cabeza hacia atrás. En la oscuridad de la sala era imposible distinguir a nadie, a pesar de que estaba semivacía. Después, la película me atrapó de tal manera que me olvidé de todo. Menos mal que llevaba un paquete de pañuelos, porque el final me hizo llorar. Le pasé un pañuelo a Guillermo al darme cuenta de que sus ojos también estaban humedecidos.

Temí que Guillermo aprovechase el camino de vuelta a casa para hablarme, y no precisamente de la película. ¿Y si de pronto me decía algo tan evidente como que yo le gustaba? Solo de pensarlo sentía pavor. Pero no lo hizo. Creo que él sabía de sobra que si yo salía con él era porque no lo hacía.

Reconozco que en esos días experimenté cierta calma. No quiero decir que mi herida se hubiese cerrado ni que mis pesadillas dejasen de martirizarme todas las noches, pero percibía que tenía más capacidad de concentración —lo agradecieron mis estudios, que se habían resentido notablemente— y más facilidad para ver más allá de mi propio ombligo, lo cual tenía efectos beneficiosos.

Tres días después del cine quedé una tarde con Guillermo. En esa ocasión no me había propuesto nada en concreto, como hacía otras veces.

—¿Damos un paseo?

—Bueno.

Y el paseo por el barrio nos hizo acabar inevitablemente en el parque. Es lo mejor que tiene nuestro barrio, un parque enorme atravesado por un riachuelo donde puedes caminar hasta perderte. Es verdad que en verano se pone de bote en bote. Mi padre dice que se convierte entonces en el cuarto de estar de todas las casas del barrio y allí puedes encontrar a todo el vecindario.

La tarde era espléndida, impropia de un otoño ya muy avanzado. Caminamos en línea recta, pero sin ningún rumbo concreto, lo que nos hizo alejarnos de la zona más concurrida. Guillermo no paraba de hablar. Sí, él habla por los codos, pero esa tarde lo hacía de manera algo nerviosa y atropellada. Me resultaría ahora imposible solo enumerar todos los temas de los que me habló. En alguna ocasión intenté meter baza, pero no me dio ocasión.

De pronto, se detuvo y me señaló una pradera.

—Vamos a sentarnos un rato.

No me preocupó, pues estaba segura de que la hierba no estaría tan húmeda como la vez anterior.

No se sentó a mi lado, sino que lo hizo enfrente, de manera que siempre lo tenía en mi campo visual. Me contó el peor chiste que he escuchado en mi vida. Confirmé entonces que estaba raro, alterado. Me di cuenta de que miraba mucho a su alrededor, aunque trataba de disimular. Eso me hizo pensar de inmediato en Eugenio. ¿Lo habría visto por allí? ¿Se habría dado cuenta de que, como en otras ocasiones, nos estaba siguiendo? Yo también había estado observando con disimulo mientras caminábamos.

—Te noto raro —le dije.

—¿Tú crees que estoy raro? —Su respuesta pregunta era una clara evasiva.

Me encogí de hombros.

Entonces tragó saliva, como si quisiera deshacer un nudo en la garganta, y me miró con fijeza.

—Seguramente te habrás dado cuenta —me dijo.

—¿De qué?

—Creo que te lo voy a decir sin rodeos.

—Mejor.

Ingenua de mí, todavía no me imaginaba lo que me iba a decir sin rodeos.

—Pues que me gustas. —Nervioso, titubeó un poco—. Quiero decir que me gustas, pero mucho.

Recordé las palabras de Noela y le pregunté:

—¿Que estás por mí?

—Totalmente.

Mi sorpresa apenas duró un instante, pues enseguida fue sustituida por la pura lógica de los acontecimientos. ¿Qué iba a hacer si no Guillermo en el parque a solas conmigo? El problema era que yo no sabía qué responderle o, para ser exactos, no sabía qué responderle que él no supiera ya.

Me contagió su nerviosismo y su agitación. Entonces me imaginé a Eugenio detrás de un árbol, espiándonos. Pensé que, aunque estuviese, su actitud de los últimos tiempos solo confirmaba que pasaba de nosotros y, sobre todo, que pasaba de mí. ¿Cómo podía ser posible que pasase de mí?

Cuando volví a concentrarme en Guillermo me di cuenta de que lo tenía muy cerca. Su cara, apenas a una cuarta de la mía. ¿Por qué se estaba acercando tanto? No dejaba de mirarme, y esa mirada...

—¿Por qué me miras así?

—Porque me gustas mucho.

Siguió acercándose hasta que sus labios se encontraron torpemente con los míos. Iba a besarme, de eso no cabía duda. De hecho nuestras bocas ya estaban unidas. Pero aquel beso me parecía, no sé cómo explicarlo, el beso de dos ineptos desmañados e inexpertos. Y no sé él, pero yo sí tenía experiencia en besar, y los besos con Eugenio eran sencillamente...

Al recordar a Eugenio hice un mohín, como tratando de esquivarlo, pero entonces descubrí que Guillermo había pasado uno de sus brazos por mi cintura y el otro por encima de mis hombros. Me tenía atrapada. Insistió con el beso. Mis labios se humedecieron al fin y pude percibir los suyos. Me sentía completamente bloqueada, todo mi cuerpo lo estaba, excepto mi boca, que parecía haber cobrado vida propia y devolvía aquel beso, al que de pronto ninguno de los dos deseaba poner fin.

No entendía lo que me estaba ocurriendo. Al principio, confieso que besaba a Guillermo con recelo, con miedo, con desconcierto pero todas esas sensaciones por no sé qué extraño motivo se iban diluyendo, quizá por efecto de nuestra propia saliva, y daban paso al placer. Sí, era placer lo que estaba sintiendo cuando cerré los ojos y apreté mi boca contra la suya.

Cuando nos separamos me sentía muy sofocada y de inmediato me dije que lo que había sucedido no tenía que haber pasado nunca. ¡Nunca!

—Vámonos —le dije resuelta a Guillermo.

—Necesito decirte algo más, es muy importante —me dijo él, muy serio, cabizbajo, en un tono de voz que no reconocí.

—¿Y necesitas contármelo ahora?

—Sí, ahora mismo. No voy a esperar ni un segundo más.

22

He hablado algunas veces con Nerea de los desenlaces, de los finales, de los *The End*. Desenlaces de películas y también de novelas. A veces, cuando te gustaría recrearte con un final porque estás disfrutando llena de emoción, la historia termina de golpe y porrazo. Sin embargo, en otras ocasiones, cuando deseas que la historia acabe de una puñetera vez porque no te ha interesado nada de nada, el final se demora, se alarga sin sentido y se hace insoportable. Todo el mundo lo sabe, hay finales rápidos, lentos, esperados, sorprendentes, abiertos, cerrados... También, por supuesto, hay no finales.

Esta maldita historia que estoy escribiendo a mano, con una pluma estilográfica de la colección de mi padre, no es una novela ni nada por el estilo, aunque en algún momento yo misma haya creído que podía parecerlo. Evidentemente, no soy una novelista y creo que después de la experiencia he descartado la posibilidad de serlo. Estoy a punto de dejar de escribir, de terminar con esta terapia. Paso de la recomendación del psicólogo y de los ánimos de Nerea.

¡Qué fácil para el psicólogo recomendar al paciente escribir todo lo que le ocurra! Así hasta yo, sin pasar por la universidad, también podría ser psicóloga. Basta con que al final le pidas el cuaderno al paciente, lo leas y engolando un poco la voz le digas: «Creo que ya sé lo que te pasa». ¡Así cualquiera! Pero conmigo va listo; le diré que no he escrito ni una sola palabra. ¡No, eso no es posible! Ya sabe que lo estoy haciendo. ¿Entonces...? Le diré que lo he destruido, que lo he quemado, que lo he pasado por una trituradora de papel. ¡Que se joda el psicólogo!

Digo todo esto porque tengo la sensación de que estoy llegando a un desenlace. Pienso además que si alguien leyese todo lo que he escrito en el cuaderno pensaría lo mismo. No se trata del gran desenlace de la historia, por supuesto, porque ese me resultaría imposible imaginarlo siquiera.

Las palabras de Guillermo me retuvieron, aunque yo lo que más deseaba en ese momento era marcharme del parque, regresar a casa y olvidar cuanto antes lo que había ocurrido. Pero lo que necesitaba contarme Guillermo urgentemente parecía algo muy importante; solo había que ver la expresión de su cara, solo había que darse cuenta de que la voz le estaba temblando.

La intuición me decía que no se trataba solo de decirme que le gustaba y que estaba por mí, porque para eso no hacía falta ponerse tan trascendente. ¿Qué mejor momento que el del beso para haberme dicho esas cosas? Nunca antes había visto a Guillermo en aquel estado y ya empezaba a inquietarme.

—¿Qué quieres decirme? —le apremié.

Bajó la mirada un instante y luego la dirigió a mis propios ojos.

—Me gustas mucho, Marina.

¡No podía dar crédito a sus palabras! ¡Y yo que pensaba que lo que me iba a decir sería algo diferente! ¿Para eso había montado todo el numerito?

—Lo sé, pero...

—No digas nada, por favor —me suplicó—. Lo que voy a decirte a continuación es muy doloroso para mí y sé que tú no lo vas a comprender. —Cerré la boca y me hice el propósito de no abrirla hasta que él terminase de hablar—. Por ese motivo, antes de seguir adelante, tengo que repetirte muchas veces que me gustas mucho y que soy totalmente sincero cuando te lo digo. Totalmente.

Me había propuesto escucharle casi por compromiso, por amistad, pero ya tenía una respuesta preparada para cuando terminase su perorata. Sin embargo, sus palabras dieron un giro inesperado y yo me quedé escuchando con la boca abierta.

No puedo explicar lo que sentía entonces, porque a medida que él hablaba iba experimentando sensaciones distintas en mi interior. Solo anticiparé que la cosa fue de mal a peor, a mucho peor, a muchísimo peor...

—Como sabes, yo me llevo bien con Eugenio, lo cual no es extraño, porque en realidad me llevo bien con todo el mundo; pero él también se lleva bien conmigo y, conociéndolo, eso es más raro. No puedo decir que sea mi mejor amigo, pero seguramente él sí podría decirlo de mí. Cuando rompisteis, o cuando él decidió romper contigo, me llamó para contármelo. Yo en el fondo me alegré, ya te puedes imaginar por qué. Pero a continuación me contó algo que había planeado y que yo no podía entender. La ruptura no significaba que tú hubieses dejado de gustarle, ni mucho menos.

—¿Estás seguro de lo que dices? —El corazón me había dado un vuelco al escuchar sus últimas palabras.

—Él mismo me lo aseguró. Lo que ocurre es que quería...

—Guillermo se quedó bloqueado.

—¿Qué quería?

—No sé cómo decirlo. Quería... estar seguro de ti, probarte.

—No lo entiendo.

—No es fácil de entender, ya lo sé. Yo tampoco lo entendía y se lo dije. Él quería saber cómo ibas a reaccionar tú.

—Solo tenía que haberme llamado para saberlo.

—Entonces me propuso que yo... —Guillermo bajó la vista y no volvió a mirarme a los ojos—. Me propuso que yo... que yo me acercase a ti, que te buscase, que te diese conversación, que te invitase a salir. Quería saber si... Quería conocer tu reacción... A eso me refería cuando te dije que pretendía probarte.

Creo que en ese momento sentí ganas de vomitar y, si me hubiese sobrevenido el vómito, se lo hubiese arrojado a Guillermo a la cara.

—¡Es repugnante! —Me hubiese gustado explotar de alguna forma, pero mi cuerpo hacía justamente todo lo contrario, se contraía sobre sí mismo, se plegaba sobre mi desconcierto, se encogía sobre mi dolor.

—Sé que te costará mucho creerme, pero para mí lo que ha ocurrido entre nosotros nunca ha sido un juego, y mucho menos hoy, y mucho menos cuando nos hemos besado...

—¡Calla!

—Te juro que...

—¡No jures, imbécil!

—No he sido tan sincero en toda mi vida. Estoy enamorado de ti, créeme.

—¡Y a mí qué me importa! —le grité con todas mis fuerzas.

Comencé a alejarme, pero mi cerebro ya había empezado a funcionar, era como una locomotora al límite de su potencia. Tras unos pasos me detuve en seco y me volví.

—Tú sabías desde el principio que nos estaba vigilando, ¿no es así? —le pregunté, sin moderar el tono de mi voz—. ¡Contéstame! ¡Vamos, reconócelo!

—Sí.

—¿Y dónde está ahora? ¿Dónde se ha escondido esta vez?

De repente, comprendí que Eugenio estaba en el parque, oculto en alguna parte, y que no se había perdido detalle de todo lo que había ocurrido. ¡Probarme! La palabra resonaba una y otra vez en mi cabeza y la indignación emanaba de todos los poros de mi cuerpo. ¿Probar qué? ¿Mi amor hacia él? ¡Pero con qué derecho se le puede hacer una cosa así a una persona!

—¡Eugenio! —grité, al tiempo que miraba en todas direcciones, esperando que apareciese por algún sitio—. ¡Eugenio!

La gente me miraba con extrañeza. No sabía si me ocurría algo, si necesitaba ayuda, si se trataba de un juego o de alguna broma. Iba buscando detrás de cada árbol sin dejar de repetir su nombre. Acababa de descubrir que la persona de la que estaba enamorada —locamente, ya no dudaba de que fuese así— nunca había dejado de quererme y que lo que había hecho era solo probarme.

¡Probarme!

¡Se prueba un coche antes de una carrera! ¡Se prueba el sonido antes de un concierto! ¡Se prueban los pantalones antes de comprarlos! ¡Se prueba la comida para saber si nos gusta!

¿Por qué demonios necesitaba probarme a mí? ¿Qué le estaba diciendo ese ser maléfico que vive enquistado dentro de su cerebro? ¿Qué le hacía dudar de mis sentimientos? ¿Necesitaba probarme para estar seguro al cien por cien de que me tenía, de que era suya, de que podía disponer de mí como y cuando quisiera, dominarme, manejarme a su antojo? Resonaban en mi cabeza todas las palabras que tantas veces me había repetido Nerea.

—¡Eugenio!

Y de repente lo vi. Inmóvil, junto al tronco de un árbol bastante grueso. Parecía una estatua. Mis gritos no lo alteraban. No hizo amago de acercarse ni tampoco de marcharse. Reconozco que cuando empecé a caminar hacia él sentía la necesidad de estrangularlo con mis propias manos, lentamente, al tiempo que le iba recitando toda una retahíla de insultos. Escenificaba en mi mente la lenta ceremonia de su muerte. Pero, a medida que me acercaba, mi cabeza se llenaba de más y más confusión y no podía ordenar ni mis ideas, ni mis pensamientos, ni nada.

Cuando lo tuve enfrente, a dos palmos de distancia, con todo mi cuerpo en una tensión insoportable, quería gritarle «¡estás loco!»; sin embargo, mis cuerdas vocales no me obedecieron.

—No lo entiendo, no te entiendo... ¿Por qué has hecho todo esto? ¡Me has destrozado!

Solo en ese instante movió ligeramente la cabeza para hacer una mueca de desprecio. Era evidente que iba dirigida a mí.

—¿Estás segura? —dijo con arrogancia.

—¿Cómo puedes dudarlo?

—Ahora lo he entendido todo —continuó, y su gesto se iba crispando de una manera que desconocía y que me daba un poco de miedo—. Ahora sé la verdad. Os he visto besaros.

—¡Tú lo has propiciado!

—¡Y tú has caído! ¿Vas a seguir diciendo que yo te he destrozado? ¿Y qué has hecho tú conmigo? ¿Has pensado alguna vez en lo que yo siento?

—¿Qué sientes? Es la pregunta que me he repetido millones de veces. ¿Qué sientes?

—¿Quieres saberlo? Ahora siento un veneno que me sube de no sé dónde y que se apodera de mí. Es el veneno de la rabia. Siento mucha rabia. Después de lo que ha pasado te juro que solo me dan ganas de golpearte.

—¿Golpearme?

—¡Eso es lo que siento! Es lo que querías saber, ¿no?

—¿Serías capaz de hacerlo?

Creo que me volví loca, es decir, me volví más loca de lo que estaba, o mejor todavía, me volví más loca de lo que Eugenio me había vuelto.

—¡Golpéame si tienes cojones! ¡Vamos! ¿A qué estás esperando? ¡Atrévete a hacerlo! ¡Vamos, loco de mierda! ¡Golpéame! ¡Cerdo machista!

El instante siguiente lo recuerdo de una manera confusa. Lanzó su puño contra mi cara y me golpeó en el ojo izquierdo. Del impacto, retrocedí unos metros tambaleándome y finalmente caí al suelo de espaldas. Me sentía completamente atontada y toda la zona del ojo me quemaba, como si me hubieran acercado una antorcha encendida.

A continuación vi a Guillermo que saltaba por encima de mí y que se lanzaba como un tigre enfurecido contra Eugenio. Los dos rodaron por el suelo sin dejar de golpearse mutuamente. Observaba la escena sin poder moverme y me parecía horrible lo que estaba viendo. Sin levantarme del suelo, traté de intervenir, de separarlos, pero me sentía mareada, pues el puñetazo de Eugenio me había dejado aturdida.

No puedo seguir escribiendo.

Tengo que ir al desenlace de una vez.

Es evidente que desenlace no es lo mismo que final. Dudo mucho que sea capaz de escribir un final.

Parece ser que había una patrulla de la policía vigilando por las inmediaciones del parque y que, al ver la pelea entre dos chicos, con una chica de por medio, alguien los avisó. Fueron los agentes los que separaron a Eugenio y a Guillermo y los que me ayudaron a levantarme.

—Estoy bien —repetía constantemente.

Los que no parecían estar tan bien eran ellos. Sangraban abundantemente por la nariz y por los múltiples rasguños que se habían producido. Tenían toda la ropa manchada. Una de las cejas de Eugenio parecía rota y Guillermo tenía los labios muy hinchados, como una morcilla a punto de reventar, y un hilillo de sangre le salía de la boca. Sus narices eran dos surtidores.

Poco después llegó una ambulancia del SAMUR y nos curaron a los tres. Me vi reflejada en un cristal. Mi ojo izquierdo estaba prácticamente cerrado por la hinchazón y toda la zona de alrededor se había vuelto de color cárdeno.

Los tres acabamos en la comisaría.

No tuvimos que esperar mucho tiempo, pues nuestros padres llegaron enseguida, casi a la vez.

No puedo seguir escribiendo. Cualquier lector avispado podrá deducir cuál fue el desenlace. No quiero seguir escribiendo.

La reacción de los padres —la de los tres— fue parecida. Antes de tomar cualquier iniciativa había que esclarecer totalmente los hechos y, para eso, nuestro testimonio iba a ser fundamental.

—¡Cuando conozca toda la verdad, pienso llegar hasta el final, y nada me va a detener! —dijo mi madre furiosa, y miró de reojo a Eugenio.

Yo observaba a los padres de Eugenio: su madre se había abrazado a él sin pronunciar ni una sola palabra, en un silencio que me sobrecogió. Vi que un monstruo maléfico y dominador asomaba por los resquicios de la mirada de su padre. Me pregunté entonces quién le habría metido a él aquel monstruo en el cerebro. ¿Era la sociedad, como me había dicho Guillermo? No, no podía ser tan simple.

No quiero seguir escribiendo.

23

Hoy, al abrir el cuaderno, me he fijado en el primer párrafo que escribí. No sabía entonces cómo empezar y buscaba un camino, una forma, un hilo al que agarrarme. Ahora, la sensación que tengo es que no sé cómo terminar. El desenlace ya lo he contado, pero el final...

¿Y por qué tiene que haber un final?

Se supo la verdad, es decir, la verdad que nosotros —Eugenio, Guillermo y yo— quisimos que se supiese, que tengo que decir que fue casi toda. Y mis padres, como ya había avisado mi madre en la comisaría, llegaron hasta el final, lo que complicó bastante las cosas.

Desde entonces tengo que ir al psicólogo. Me he rebelado en varias ocasiones y les he dicho a mis padres que no lo necesito. Me llevan, aunque sea a rastras. En lo único que le he hecho caso ha sido en lo de escribir, pero eso tampoco va a servir para nada, pues ya he tomado la decisión de destruir este cuaderno.

Desde entonces mi madre no me quita ojo. No sé qué espera descubrir, pero se pasa el día observándome. Si cierro la puerta de mi habitación, ella la abre. Si tardo demasiado en el cuarto de baño, empieza a gritarme para que salga. Si nota que estoy muy callada, comienza a darme palique.

Desde entonces no he vuelto a cruzar ni una palabra con Guillermo, a pesar de que nos vemos todos los días en clase.

Desde entonces no he vuelto a ver a Eugenio, pues lo trasladaron a otro instituto, aunque pienso todos los días en él. El tiempo no cura nada, sino todo lo contrario; es la perdición de todas las cosas. ¡Qué razón tenía mi abuelo Esteban! Desde entonces he comprendido que Eugenio, a pesar de todos los pesares, me quería.

—¡Abre los ojos, tonta! —Es la voz de Nerea, su grito.

Y estoy segura de que me quiere aún, como yo a él. Si les dijese esto último a mis padres dejarían de llevarme a un psicólogo y me ingresarían en un manicomio.

¡Abre los ojos, tonta!

Anoche, una vez más, soñé con ninfas y faunos. Es un sueño tan frecuente que ya lo siento como si formase parte de mí, aunque el de anoche fue muy extraño.

Un paisaje bellísimo, idílico, iluminado por una radiante luz solar. El cielo es de un azul intenso, limpio de nubes. Un riachuelo que salta entre las piedras pulidas lo atraviesa en diagonal. A ambos lados se extienden suaves praderas salpicadas de frondosos árboles. Se escuchan infinidad de ruidos, propios del lugar: el agua saltarina, el trino de los pájaros, el crujido de las ramas de los árboles al ser acariciadas por el viento, el zumbido de los insectos, el croar de una rana...

En un extremo, en la parte posterior, está el Fauno. Ha perdido su estampa majestuosa. Está arrodillado sobre sus patas de cabra, doblado sobre sí mismo, encorvado. La cabeza, casi a la altura de las rodillas. Permanece inmóvil. En el otro extremo, en la parte anterior, está la Ninfa, también sentada en el suelo, también retorcida sobre sí misma, inmóvil. Los dos personajes están separados por el riachuelo. La escena predispone al movimiento, pero este no llega.

La Ninfa levanta ligeramente la cabeza, mira al Fauno y le dice algo. Hemos visto cómo articulaba las palabras; sin embargo, no ha salido ningún sonido de su boca. El Fauno la mira y le responde, pero ocurre lo mismo. Durante un rato los dos personajes hablan sin emitir sonidos, a pesar de que podemos ver cómo se esfuerzan. Por sus gestos, nos damos cuenta de que no han podido entenderse. La Ninfa vuelve a bajar la cabeza. El Fauno también.

24

No sé cómo terminar.

He estado pensando en la fotografía que le envié a Eugenio, la que me hice una noche en el cuarto de baño, con la chaquetilla del pijama abierta, mostrando mis pechos. Ninguno de los dos hablamos de ella, por consiguiente solo nosotros sabemos que existe. En algún momento pensé que la colgaría en las redes sociales en un acto de resentimiento hacia mí. También pensé en adelantarme: si él la iba a colgar, lo haría yo antes. Y que todo el mundo se enterase de su mezquindad. Pero ni lo ha hecho él ni lo he hecho yo.

Estoy segura de que no la ha borrado, de que la conserva en su galería del móvil, como yo. También estoy segura de que la mira de vez en cuando, de que me mira, de que le sirve para tenerme aún más presente en su pensamiento, en sus deseos.

Creo que lo he perdonado.

Se lo dije a Nerea.

—Creo que lo he perdonado, pero no sé si él me habrá perdonado a mí.

—¿¡Quééé!?

No voy a reproducir todas las cosas que me dijo o, más bien, que me escupió Nerea.

A pesar de todo..., ¡cuánto te quiero, Nerea!

Tendría que haber sido más fuerte, tener más confianza y, sobre todo, no haberme dejado llevar por Guillermo. El muy cerdo me besó sabiendo que Eugenio nos estaría observando. De nada me vale que lo hiciese porque estaba loco por mí. Todos señalan a Eugenio como el culpable de lo ocurrido y ya ha empezado a pagar por ello; no solo le han trasladado de instituto, sino que está pendiente de la decisión de un juez de menores.

No se dan cuenta de que el verdadero culpable es Guillermo. Puedo decirlo bien claro y bien alto, ahora que no está Nerea para rebatírmelo y gritarme de nuevo que abra los ojos de una vez.

Tengo los ojos abiertos.

Sí, le he perdonado. ¿Y él me habrá perdonado a mí?

Quería estar seguro de mi amor y le fallé a la primera de cambio.

¡Vaya! Se está terminando la tinta. Es lo malo de escribir con pluma estilográfica.

Ya es tarde. Hace un rato que mis padres duermen. Tal vez Eugenio esté mirando en este momento mi fotografía en el móvil. Solo él puede verla.

Eugenio, no tenías ningún derecho a hacer lo que hiciste. Te comportaste como un... ¿Pero fuiste tú, o ese ser maléfico que habita dentro de ti? A veces pienso que solo un enfermo puede actuar de esa forma; pero ¿nadie va a darse cuenta de que estás enfermo y necesitas ayuda?

¿Estás enfermo?

¿Estás seguro de que ese ser maléfico no eres tú?

¿Y el final?

No se cómo terminar, pero no volveré a repetir esta frase.

Apenas queda tinta para escribir tu nombre: Eugenio.

25

EUGENIO

Llueve
    dulcemente
        sobre tu perfil
           de cuatro trazos.
Tus líneas se desdibujan en el estanque de papel.
Está
    lloviendo
        dulcemente
           sobre tu cuerpo
               y me seco los ojos
                  a cada instante.

26

¿**Y** el final?

Creo que por un momento voy a imaginar que esto es una novela y que, por consiguiente, alguien podría leerla. Voy a dejar una hoja en blanco a continuación para que el lector, si le apetece, escriba un final, me escriba el final.

Mi final.

Yo no puedo hacer otra cosa.

Lo juro.

Si sucediese, se lo agradecería en el alma. No por la novela, sino por mí misma. Necesito ese final tanto como el aire que respiro.